KB012160

"기다리셨습니까, 주인님."

"이것이 무슨 대우인가?! 내가 무슨 잘못을 했기에?!"

나와 호랑이님 15

왁자지껄 호랑이님

카넬 지음
영인 일러스트

목차

이어지는 이야기

   나, 강성훈은 몇 달 전…… 이지만 벌써 몇 년 전으로 느껴지는 이번 여름 방학식날. 오랜 시간 알고 지내던 소꿉친구 나래에게 고백을 하려 했다.

   하지만 그 순간! 아버지의 연락을 통해 얼굴 한 번 뵌 적 없는 할아버지의 부고와 함께, 자신을 대신해서 지리산에 내려가라는 말도 안 되는 강요를 듣게 되었다.

   나중에 알게 되었지만, 그건 나를 지리산에 가게 만들려는 아버지의 함정이었고…….

   지리산에 간 나는 단군 신화에서 나온 호랑이, 즉, 랑이를 만나게 되었다. 첫인상은 그리 좋지 않았지만 시간이 지나고 서로를 알아 가는 사이, 나는 랑이에게 호감을 가지게 되었다.

   하지만 랑이가 얽힌 복잡한 사정과 나의 잘못으로 랑이는 한 가지 결심을 하고 지리산으로 돌아가게 된다.

   그 결심이란 나의 행복을 위해 스스로의 목숨을 끊기로 한 것.

당연히 나는 랑이를 말리기 위해 지리산으로 돌아갔다.

지리산에서 다시 만난 랑이는 자신을 잃어버린 상태였고, 나는 랑이를 제정신으로 돌리기 위해 외치게 되었다.

'신랑이 신부를 맞이하러 여기까지 왔다!'

라고.

그리고 그 일은 두고두고 주위의 놀림거리가 되었다.

지금처럼.

"그래서 지금 어떤 기분? 어떤 기분이십니까, 주인님? 자신의 인생 중 열 손가락 안에 들어가는 부끄러운 일을 남이 인용했을 때의 기분은?"

"널 한 대 때려 주고 싶은 기분이다."

나는 내 양옆에서 잔상이 보일 정도로 빠르게 뛰며 장난기 가득한 목소리로 말하는 세희에게 싸늘하게 대꾸해 줬다.

애초에 부끄러운 일은 아니었어. 부끄러운 말이었지.

"야."

"예, 주인님."

"너, 전에 그렇게 말했지."

첫 출전에 나선 발키리를, 바둑이를 이용해 능욕하셨지요.

그걸 기반으로, 나중에 일어날 일을 생각해 보라고.

그리고 그 답이 조금 전에 나왔다.

아무리 봐도 연관이 없는 형식으로.

내 주장을 모두 들은 세희가 가식적으로 놀란 표정을 지었다.

"주인님의 기억력으로 잘도 그 말을 기억하고 계시는군요."

순수한 청소년한테 능욕이라는 단어는 너무 수위가 강해서 말이지.

"대답이나 해. 그게 어떻게 하면 이런 식으로 이어질 수 있는 거냐?"

세희가 검지를 세우며 말했다.

"자신에게 잊을 수 없는 경험을 선사한 남자를 잊지 못하고, 그 행적을 조사하다 자기도 모르게 사랑에 빠지는 경우도 있습니다. 게임의 신도 비슷한 말을 했지요."

그건 게임의 신이 아니라 연애의 신 아니야? 거기다 좋은 경험이면 모를까, 에레나의 경우에는 절대 그럴 일 없을 것 같은데……

"아시겠습니까?"

세희의 미소를 보아하니 자세한 사정은 절대로 알려 주지 않을 눈치다. 그렇다면 이득이라도 챙겨 보자.

"알았어. 그러면 이제 좀 풀어 주면 안 되냐?"

"죄송합니다만, 격노하신 안주인님의 명이시라 어쩔 수 없습니다."

말은 그렇게 하고 있지만, 내가 세희의 눈치를 살피며 살아온 게 하루 이틀이 아니다.

"다른 이유가 있는 건 아니고?"

너, 인간을 죽도록 싫어하잖아. 지금도 잘 숨기고 있다만,

내가 보기에는 격노한 건 랑이가 아니라 너 같은데.

그런 생각을 하고 있는 내게 세희는 짙은 미소로 대답했다.

"다른 이유가 있다 생각하십니까?"

해석 : 안 알려 줌.

"……그러냐."

그래서 나는 앞에서 일어나고 있는 상황을 향해 눈을 돌렸다.

먼저, 랑이.

랑이는 세희가 소매에서 꺼낸 사또 옷을 입고서 무시무시하고 근엄근엄한 표정을 지으며, 마찬가지로 세희의 요술 소매에서 나온 사또 의자에 앉아 있었다.

"네 이것!"

옷과 장소가 사람을 만든다고 하던가. 그야말로 사또 역할에 충실히 빠져 있는 느낌이다.

"당장 자신의 잘못을 인정하지 못할까?!"

"그럴 필요가 뭐가 있어? 그냥 내쫓아 버리면 되는데, 이 밥보야."

그 옆에는 세희가 준 이방 옷을 입은 아야가 성난 모습으로 서 있다.

"누구 마음대로 우리 아빠하고 결혼을 해? 킁, 내가 그렇게 놔둘 것 같아?"

그리고 마당에는, 더 이상 설명하기도 귀찮아지지만, 세희가 강제로 갈아입힌 소복을 입고서 칼을 쓴 채 무릎 꿇고 앉아 있는 에레나가 있다.

……저래도 될까. 안 될 것 같은데. 이 녀석들은 후환이 두

렵지 않나.

"이것이 무슨 대우인가?! 내가 무슨 잘못을 하였기에?!"

어설픈 한국어로 나를 곤란하게 만들었던 녀석이라고는 생각되지 않을 정도로 유창한 한국어다. 말투가 이상하긴 하지만, 그런 거에 신경 쓰기에는 내가 너무 멀리 와 버렸지.

저것과 비슷한 말투를 쓰는 녀석이 두 녀석. 다른 두 녀석은 의성어를 입에 달고 살고, 말 자체를 최대한 아끼는 녀석도 있으니까 말이야.

뭔가 또 이상한 녀석이 있었던 것 같지만 신경 쓰지 말자. 그 녀석은 속을 알 수 없어서 생각도 하기 싫다. 그래도 여동생 지상주의자인 냥이의 창귀니까 괜찮겠지.

"그 입 다물지 못할까?!"

그 여동생이 주먹으로 팔걸이를 내리쳤다. 쿵, 소리가 날 거라고 생각했지만, 어째서인지 콰지지직 하는 소리가 났다.

팔걸이가 그대로 박살 났거든.

"단단하기로 이름 높은 박달나무로 만들고 요술로 강화까지 했지만 화가 나신 안주인님 앞에서는 별 의미가 없군요."

"……설명은 됐고, 이거나 빨리 풀어 줘."

"안주인님께 말씀하시지요."

"저 녀석은 지금 내 말이 안 들리는 척하고 있으니까 말이다."

나는 랑이가 움찔 몸을 떠는 것을 보고 가볍게 한숨을 쉬고서 말했다.

"너, 나중에 혼날 줄 알아."

랑이의 꼬리털이 삐죽 서고 통통한 볼에 식은땀이 흘러내린다.

"요, 요즘~ 귀가 잘 안 들리느니라~"

모르는 척하는 랑이는 잠시 내버려 두고, 마지막으로 내 상황을 말해야겠군.

나는 랑이의 머리카락으로 만든 밧줄로 마루 기둥에 꽁꽁 묶여 있다. 이렇게 묶이는 건 오랜만이라서 조금 그리운 기분이 드는군.

묶여 버린 이유?

'신부가 신랑을 맞이하러 여기까지 왔다!'라는 말을 한 이유에 대해 자세히 들으려고 했거든.

하지만 이야기가 채 시작되기도 전에 머리끝까지 화가 난 랑이에게 잡혀서 이 꼴이 되었고 에레나는 무장 해제 당한 뒤 저 꼴이 되었다.

……이해 안 되지?

지금 내가 그렇다.

"랑이 입장에서야 당연히 안 좋게 보이지."

그런 내게 답을 알려 주겠다는 듯, 곰의 일족에게서 연락이 왔다고 하면서 잠시 자리를 비웠던 나래가 옆에 다가와 앉았다.

"왜?"

"랑이도 여자애니까."

나는 애도 아니고 여자도 아니라서 모르겠다.

"보고 있으면 알게 될 거야."

"그래?"

나는 한숨을 쉬고 말했다.

"그러면 손 좀 빼 주시겠습니까, 나래 님."

어느새 나래의 손이 내 티셔츠 아래로 들어왔거든.

내 말에 나래는 빙긋 미소를 지으며 말했다.

"싫은데?"

싫은 정도로 끝나지 않았다.

"손 빼! 도대체 어딜 만지는 거야?!"

"가슴?"

그러면서 나래가 손가락으로 어딘가를 빙글빙글 문지른다.

꺄아아악! 치한이다! 치한이야! 살려 줘!

"……."

세희의 차가운 시선에 정신이 들었다.

아, 그래. 지금 이런 소리나 할 때가 아니지. 내가 나래에게 스킨십을 당하고 있는 동안에도 랑이의 사또 놀이는 계속되고 있으니까.

"네가 했던 그 말을 취소하고, 다시는 이 땅에 발을 붙이지 않는다고 약속하면 네 털끝 하나 건드리지 않고 무사히 돌려보내 주겠느니라. 내 말을 알아듣겠느냐?!"

에레나가 억울함과 울분이 담긴 목소리로 사또를 향해 항변했다.

"무슨 말을 하는지 모르겠다! 나는 이 부당한 처사에 항의한다! 이래도 되는 것인가?! 이것이 요괴들의 방식인가?!"

"뭐가 부당하다는 것이느냐?!"

랑이가 벌떡 일어나 등채로 에레나를 겨누며 외쳤다.

"네가 멋대로 자기 입에 담지 않았느냐?! 내 지아비께서 내게 청혼하실 때 하신 소중한 말씀을!"

나래가 내게 말했다.

"저것 때문이야."

하도 어이없는 이유라 할 말이 없네.

애초에 그건 청혼도 아니었다고.

"그런데! 그런데!"

머릿속이 차갑게 식은 나와 달리, 랑이는 얼마나 흥분했는지 입고 있는 옷과 어울리지 않게 몸을 살짝 웅크리며 발까지 동동 구르고 있다.

"그 말은 성훈이 것이니라! 성훈이 말고는 아무도 해서는 안 되는 것이란 말이다!"

세희가 손으로 입가를 가리며 말했다.

"하긴 그렇지요. 주인님이 아니시라면 잠들기 전에 하루에 한 번, 발로 이불을 찰 테니 말이죠. 평생 동안."

시끄러. 나도 가끔 그런다고.

그러거나 말거나.

요즘 세상에서는 이미 의미를 잃어버린 저작권을 강력하게 주장하고 있는 랑이를 향해, 에레나가 작은 입술을 살짝 벌린 채 눈을 깜빡이며 바라보았다.

그래. 이해한다. 너도 지금 이해가 안 되겠지.

에레나가 말했다.

"……그것 때문인가?"

"그렇다!"

"……다른 것은 문제가 없다는 것인가?"

"응?"

물음표를 만든 랑이의 머리카락이 사또 모자를 뚫고 나왔다.

"다른 문제가 있느냐?"

휙! 아야가 부채를 휘둘렀다.

"아얏?!"

랑이가 삐뚤어진 사또 모자를 바로 잡으며 아야에게 말했다.

"왜 그러느냐?"

"이 밥보야! 그게 중요한 게 아니잖아!"

"아니니라! 나한테는 정말정말 중요한 것이니라!"

"지금 중요한 건 저 코쟁이가 우리 아빠하고 결혼하겠다는 거야!"

"응?"

랑이가 고개를 갸웃거리며 말했다.

"그건 별문제 없지 않느냐? 성훈이에게 반해 혼례를 올리고 싶어 하는 게 뭐가 문제라는 것이냐? 누구나 성훈이를 보면 한눈에 반하는 게 당연하니까 말이니라."

부끄러워서 고개를 들 수가 없구나.

"그렇다는데, 성훈아?"

"그렇다고 합니다, 주인님."

그러니까 놀리지 좀 마.

"아! 그래도 본처는 당연히 나이니라!"

아야가 다시 한 번 부채를 휘둘렀다.

"아얏! 왜, 왜 자꾸 때리느냐?! 한 번만 더 때리면 나도 화낼 것이니라!"

"생각이 없으니까 그렇지, 이 멍청아!"

"내가 왜 멍청이란 것이느냐? 취소! 취소하거라!"

"바보 소리 듣기 싫으면 생각을 하란 말이야!"

"으냐아앗!! 아무리 아야라고 해도 못 참겠느니라!"

"못 참으면 어떻게 할 건데?!"

그리고 랑이와 아야는 옛날처럼 서로의 볼을 잡아당기기 시작했다.

"……."

그 촌극을 감정이 죽어 버린 눈으로 가만히 바라보던 에레나는 느릿하게 고개를 돌려 이쪽을 바라보며 말했다.

"요괴의 왕. 언제쯤 제대로 된 이야기를 나눌 수 있는가."

"……글쎄다."

나와 에레나는 누가 먼저라고 할 것 없이 한숨을 내쉬었다.

틈새 이야기

"괜찮아?"

에레나를 풀어 준 뒤.

그 녀석과 이야기를 나누기에 앞서 나는 두 가지 이유 때문에 치이와 페이를 찾아갔다.

"아우우우……. 조금 피곤한 거예요, 오라버니."

[힘들어 죽겠는 거.]

치이와 페이는 오작술을 쓴 게 꽤나 힘들었는지 아직 이른 낮임에도 불구하고 이불을 깔고 잘 준비를 하고 있었다.

그러고 보니 전에 페이네 집에 갔을 때도 낮잠을 자야 했었지.

[그러니까 보상을 요구함.]

잠깐 그때 일을 떠올리고 있자니 페이가 나를 향해 두 팔을 벌렸다. 평소라도 거절하지 않을 일이다. 하물며 어머니를 위해 먼 길을 갔다 온 후는 어떠할까.

"그래."

나는 페이를 끌어안았다.

뭉클한 가슴이 원래 모습으로 돌아가려는 것과 이에 질세라 뭉그러뜨리려는 힘을 신경 쓰지 않으려 노력하면서, 나는 페이의 등을 툭툭 두드리며 말했다.

"수고 많았어, 페이야. 고생했다."

[……?!]

뭔데, 그 '?!'는.

"왜."

[장난 안 침?]

……날 어떻게 생각하고 있는 거야?

물론 내가 평소에 가끔씩 쑥스러운 걸 감추기 위해서 장난을 많이 친 건 사실이지만.

"이럴 때는 안 친다."

나는 그렇게 말하며 페이의 머리를 쓰다듬어 주었다.

이게 첫 번째 이유.

고생한 녀석들을 칭찬해 주기 위해서.

"……아우우우."

그 모습을 부러워하듯 바라보면서 제대로 말도 못 하고 있는 녀석이 옆에 있다.

나는 아무 말 없이 한쪽 팔을 치이에게 향했다.

"왜, 왜 그러는 건가요?"

예의상인지 성격 탓인지, 치이는 한 번 내 제안을 튕겼다.

그래, 장난은 이럴 때 치는 거겠지.

"응? 싫으면 됐고."

나는 두 팔로 페이를 끌어안고 보들보들하고 따스한 볼에 내 볼을 비볐다. 페이도 싫지는 않은 듯, 아니, 되레 화색을 하고 반기면서 내게 볼을 비볐다.

……은근슬쩍 자신의 입술을 내 입술에 가져다 대며 쪽쪽 할짝거리고 있지만, 이번에는 넘어가 주자.

"꺄우우우! 페이는 지금 뭐 하는 건가요?!"

치이가 더 이상 제삼자로 남을 수 없게 되었으니까.

[사랑하는 사람하고 입 맞추고 싶은 건 당연한 거임.]

"그런 건 좀 더 어른이 되고서 해야 하는 거예요!"

[나, 성훈보다 나이 많음.]

조금 전만 해도 피곤해 보이던 모습은 어디론가 없어 보인다. 이것이 사랑은 사람을 강하게 만든다는 것인가!

요괴지만.

"그냥 두고 볼 수 없는 거예요!"

그렇게 말한 치이는 성큼성큼 내게 다가와서는…….

"팔 좀 들어 보는 거예요, 오라버니."

기다릴 시간조차 아깝다는 듯 내 팔을 위로 올리고서는 페이를 끌어내려고 했다.

실수했구나, 치이야.

"잡았다, 요 녀석."

"꺄우우웅?! 놔, 놔주시는 거예요!"

깜짝 놀라서 몸을 빼려고 하지만, 치이가 요괴 본연의 힘을 발휘하지 않는 이상 내 힘이 더 강하다.

"싫은데?"

[즐겨요, 이 기분.]

"페이는 무슨 소리를 하는 건가요?!"

덫 안에 들어온 치이가 열심히 바둥거려 봤지만 나는 놓아줄 생각이 없다. 치이도 싫어하는 건 내숭이었는지, 혹은 애교였는지 금방 한숨을 쉬고는 몸에서 힘을 뺐다.

그렇게 해서 나는 치이와 페이를 양팔로 끌어안게 되었다.

좋군.

아주 좋아.

행복해.

사회 인식을 신경 쓰지 않고 솔직하게 말하자면, 치이와 페이의 나이와 체형에 맞지 않은 부드럽고 물컹물컹하며 손으로 주물주물하고 싶은 가슴의 감촉이 너무 좋다.

……아니, 그런 거 아니니까.

강아지나 고양이 키울 때 개네들의 몸이 너무 부드러워서 계속 쓰다듬고 싶어지는 거 있잖아. 그런 거로 생각해 줘라.

그렇게 나는 잠시 동안 치이와 페이에게 볼을 비비고, 뽀뽀해 주고, 마음껏 그 온기와 감촉을 만끽했다.

[……뭔가 이상한 느낌이 듦.]

"……저도 그런 거예요."

[애완동물 취급하는 느낌?]

"아우우우, 페이도 그렇게 생각하는 거예요?"

[응.]

"오라버니?"

칫, 예리하기는.

뭐라고 변명을 하는 것보다는 화제를 돌리는 것이 좋을 것 같기에 나는 둘을 품에서 풀어 주었다. 치이와 페이가 살짝 아쉬워하는 표정을 지었지만, 그건 나도 마찬가지니까 넘어가자.

"그것보다 궁금한 게 있는데."

지금은 한 가지 이유가 남아 있으니까.

나는 치이와 페이가 고개를 끄덕이는 것을 보고 말했다.

"중국에서 무슨 일이 있었어?"

치이와 페이는 먼 곳으로 갈 필요가 있는 어머니를 도와 드리기 위해 중국으로 향했었다. 그리고 돌아올 때는 손님을 한 명 데려왔고.

즉, 누구보다 지금 일어난 일에 잘 알고 있을 거라는 말이 되지.

[······.]

"아우우우······."

그런데 왜 이 녀석들은 곤란해하는 표정으로 말을 흐리냐.

"말할 수 없는 이야기야?"

치이와 페이가 누가 먼저라고 할 것 없이 고개를 저었다.

[그런 건 아님.]

"그런데?"

페이가 눈을 아래로 내리깔며 글을 썼다.

[······아는 게 없음.]

"응?"

나는 치이를 보았다.

치이가 고개를 돌렸다.

"오, 오작술은 아직 저희가 쓰기에는 힘든 요술인 거예요. 그런데 이번에는 두 번이나, 그것도 먼 곳으로 간 거예요."

나는 고개를 끄덕였다.

"그, 그래서……"

얼굴이 새빨개져서 말을 못 잇는 치이 대신 페이가 글을 썼다.

[계속 졸았음.]

"아우우우! 조금 다르게 말할 수도 있는 거잖아요!"

[병든 닭처럼 꾸벅꾸벅 졸았음.]

"더 안 좋아진 거예요!"

그보다, 인마. 너희들도 같은 조류면서 그렇게 말해도 되는 거냐.

그럴 일은 없겠지만 나중에 닭 요괴라도 만나면 그 얼굴을 어떻게 보려고.

"그러니까 오작술을 쓰느라 피곤해서 어떻게 된 일인 줄은 모른다는 거지?"

치이와 페이가 고개를 끄덕였다.

"중국에 도착하자마자 시어머님하고 오작술로 덴마크로 간 다음에는 피곤해서 계속 자게 된 거예요."

[일어나니까 시어머님이 에레나 데리고 집에 가랬음.]

왜 이 두 녀석이 어머니를 시어머님이라고 부르고 있는지는 따지지 말자.

지리산에서 강원도로 가는 것만으로도 힘들어서 낮잠을 자
야 했던 치이와 페이였다. 그런 녀석들이 우리 어머니를 위
해서 중국으로 간 뒤, 힘든 걸 참고 바로 저 먼 동유럽까지
가 줬다는 것만으로도 고마울 뿐이니까.

　자세한 사정은 에레나한테 직접 들어도 되는 일이고.

　……어머니한테 전화를 걸어서 여쭤 본다는 선택지는 없
다. 왜, 그, 응. 국제 전화는 비싸잖아. 절대로 무서워서가
아니다.

　'우리 아들은 그런 것까지 엄마가 다 가르쳐 줘야 하는 거니?'

　그런 말을 들을 게 무서워서가 아니야.

　"그래?"

　나는 내게 도움이 되어 주지 못했다고 생각했는지, 미안해
하는 치이와 페이의 머리를 쓰다듬었다.

　"힘든데도 우리 어머니를 도와줘서 고마워."

　치이와 페이가 다시금 고개를 저었다.

　"아닌 거예요. 오라버니를 위해서라면 이런 일은 아무것도
아닌 거예요."

　[…….]

　페이가 치이를 바라보는 시선이 가늘어졌다.

　"왜?"

　페이가 글을 썼다.

　[치이, 지금 착한 척하는 거임.]

　내부 고발에 당황했는지 치이의 귀 윗 머리카락이 공중으
로 붕 떠서 내려올 생각을 하지 않는다.

"무, 무슨 말인 건가요?"

[오기 전에 시어머님한테 점수 많이 따서 좋았다고 했음. 거기다……]

"꺄우우우우! 그만! 그만하는 거예요!"

치이가 열심히 두 팔을 파닥거리면서 글을 지웠지만, 페이에게는 세상 모두가 도화지나 다름없다.

['오라버니께서도 칭찬 많이 해 주실 거예요! 어리광 많이 부리는 거예요!'라고 함.]

나는 치이를 보았다.

치이는 무릎을 모으고 앉아서는 두 손으로 얼굴을 가리고 있었다. 그래 봤자 손등까지 새빨개져 있으니까 의미 없지만.

……뭐가 그렇게 부끄러운데.

[그런 의미로 나는 당당함. 칭찬 많이 해 주기. 뽀뽀도 더 해 줘야 함.]

너희 둘은 서로의 성격을 반만 닮았으면 좋겠다는 생각이 든다.

"그래그래."

그런 날은 오지 않을 것이기에, 나는 먼저 페이의 손을 잡아 내 쪽으로 끌었다.

[진짜?]

페이는 놀라면서도 기대하는 기색을 숨기지 않았다.

그리고 나는.

"자라."

페이를 그대로 이불 속에 집어넣었다.

내 행동이 예상외였는지, 페이는 이불 속에 들어간 다음에야 동그래진 눈으로 나를 올려다보며 글을 썼다.

[뭐임? 이거 뭐임?]

뭐긴 뭐냐. 자기 사정 때문에 애들을 억지로 재우는 어른이지.

나는 이불 밖으로 나와서 자유를 갈망하는 투사처럼 팔을 움직이는 페이의 이마에 손을 얹으며 말했다.

"피곤하잖아. 지금은 일단 자라. 나중에 잔뜩 귀여워해 줄 테니까."

손바닥이 따듯해졌다.

[……위험한 말을 아무렇지 않게 함.]

생각해 보니 그렇지만 나는 철가면을 쓰기로 했다.

"네가 이상하게 받아들이는 거다."

내 말에 불만은 없는지 페이는 아무런 글을 쓰지 않고 살며시 눈을 감았다.

그 후, 나는 아직까지 위기에 빠진 꿩처럼 세상에서 눈을 돌린 치이를 바라보았다. 살짝 손가락 사이로 이쪽을 보고 있던 치이가 급하게 고개를 숙였다.

원, 녀석도.

나는 네가 많이 솔직해진 것 같아서 기쁜데 말이야.

"너도 일단 자."

"아우우, 아우우우……."

나는 자리에서 일어나서 치이를 자기 이불 속에 눕혔다. 그러는 도중에도 손을 얼굴에서 치우지 않는구나.

장난기가 샘솟는군.

"치이야. 그렇게 있으면 잘 자라는 뽀뽀 못 해 주는데, 괜찮아?"

치이의 귀 윗 머리카락이 파닥거린다.

나는 잠시 기다렸고.

"······아우우."

치이는 조심스럽게 두 손을 아래로 내렸다. 얼굴이 새빨개져 있는 게 사랑스럽다.

"잘 자."

나는 치이의 이마에 살짝 뽀뽀했다.

동시에 치이는 두 손으로 이불을 잡아 머리끝까지 올렸다.

귀엽긴.

자, 그러면······.

"······."

나는, 눈을 감고 보란 듯이 입술을 삐쭉 내밀고 있는 페이의 볼에 뽀뽀를 해 주고 방을 나섰다.

문을 닫고 나간 뒤. 방 안이 조금 소란스러웠지만 금방 잠들겠지.

자, 그러면 나도 안방으로 가 볼까.

첫 번째 이야기

치이와 폐이와 바둑이, 그리고 보이지 않는 것이 안심되는
녀석을 뺀 온 가족이 안방에 모여 앉았다.

나를 중심으로 왼쪽으로는 나래와 아야, 오른쪽에는 성린
을 안고 있는 성의 누나와 세희.

내 이야기를 못 들은 척했던 랑이는 그 벌로, 저기 방구석
에서 냥이와 오붓하게 자매의 정을 나누도록 했다.

"흐냐아아~ 이건 너무하느니라. 너무하느니라, 성훈아~"

이쪽을 향해 네 발로 엎드려서는 이쪽으로 기어 오며 손을
뻗고 있지만, 제자리걸음일 뿐이다. 뒤에서 냥이가 랑이의
꼬리를 한 손으로 잡고 있거든.

"내 곁에 있는 것이 그리 싫은 것이느냐."

"누, 누가 그런 말을 하였느냐? 검둥아, 그런 게 아니니라."

"그러면 가만히 내 옆에 앉아 있어라. 네놈이 그리 좋아하
는 지아비의 명이기도 하니."

"으냐아……."

랑이의 꼬리가 어깨와 함께 추욱 늘어지고 귀가 접힌다. 그와 달리 냥이의 꼬리는 살랑거리고 눈동자는 반짝반짝 빛나고 있다.

저 녀석, 이용할 수 있는 건 다 이용해 먹는군.

지금이야 나한테도 도움이 되지만.

이런 말을 하면 참 한심하겠지만, 랑이가 옆에 있으면 온 신경이 사랑스러운 미래의 아내에게 향하게 되거든.

평소라면 모를까, 지금은 별로 좋은 일이 아니겠지.

맞은편에 곧은 자세로 앉아서 나를 보고 있는 에레나와의 이야기에 집중해야 하니까.

……집중해야 하는데 말이야.

"저기, 나래 님?"

"난 신경 쓰지 마."

그러기에는 모성과 여성성의 상징이라고도 불리는 신체 부위가 내 왼팔을 행복한 감옥에 가둬 두고 있다.

어떻게 신경 쓰지 말라는 겁니까?!

"키이이잉……."

거기다 푹신한 여우 꼬리가 살짝 불그스레해진 것을 보아, 우리 딸이 나래의 스킨십 때문에 심기가 불편하신 것 같다. 에레나의 이야기를 방해하고 싶지 않기에 지금은 참고 있는 것 같지만.

그런 의미에서 성의 누나와 성린은 정말로…….

"엄마, 저 언니 생각 읽어도 돼?"

"안 돼요."

"왜?"

"남의 생각을 마음대로 읽는 건 나쁜 일이니까요."

세희에게 들려주고 싶은 말이다.

그래 봤자 한쪽 입꼬리나 슬쩍 올리겠지만.

"크흠."

잠깐 그런 생각을 하고 있을 때.

에레나의 헛기침 소리가 내 정신을 일깨웠다.

"아, 미안."

이건 내 나쁜 습관일지도 모르겠다. 우리 가족들이 지금 뭘 하고 있는지 계속해서 확인하려고 하는 것. 지금 중요한 건…….

가족이 중요하지요.

속으로 그렇게 결론짓고 나는 에레나에게 말했다.

"내가 먼저 물어봐도 될까?"

"괜찮다. 요괴의 왕."

"고마워."

가장 먼저 물어봐야 할 질문은 정해져 있었다.

"너, 우리 집에 와서 처음 했던 말 있잖아. 그건 도대체 무슨 뜻이냐."

"신부가 신랑을 맞이하러 여기까지 왔다, 라고 한 것 말인가?"

사람이 애써 말을 돌려서 말했는데 의미가 없네!

덕분에 냥이의 허벅지에 머리를 베고 누워 있던 랑이의 눈빛이 고기를 코앞에 둔 호랑이처럼 예리해졌잖아!

"가만히 있어라."

"으냐아……."

다행인 것은 냥이가 랑이의 머리를 지그시 눌러 일어나지 못하게 했다는 것이다.

역시 랑이를 냥이에게 맡긴 게 정답이었어.

나는 에레나에게 시선을 돌리며 말했다.

"어쨌든, 뭐, 그래."

나는 헛기침을 하고 말을 이었다.

"무슨 뜻이냐, 그건?"

에레나가 아주 살짝 인상을 찌푸리며 말했다.

"……내가 쓰는 한국어가 이상한가?"

평범한 사람들이 보기에는 조금 이상할지도 모르겠다. 하지만 내 주위에는 평범한 애들이 없고, 나 또한 평범한 사람은 아니다.

"아니."

표정이 풀린 건 잠시였고, 나를 힐난하는 시선은 오래였다.

"그렇다면 도대체 무엇이 문제인가, 요괴의 왕. 혹시 한국어를 모르나?"

그러면 내가 쓸 줄 아는 말은 호랑이어밖에 없을 거다.

"……다시 말하면, 그 말 그대로라는 거냐?"

에레나가 고개를 끄덕였다.

"그렇다. 나는 너와 결혼하기 위해서 여기에 왔다."

"키이이잉!! 누구 마음대로!"

"그러게~ 누구 마음대로일까~"

나래는 나긋한 목소리로 말하며 가슴골에서 너클을, 아야는 앙칼진 목소리로 말하며 목걸이를 풀고는 꼬리를 붉게 물들이면서 여우불을 허공에 띄웠다.

가을이 한창인데 갑자기 방 안의 온도가 높아지는군.

그럼에도 에레나는 겁먹은 기색 없이 말했다.

"그걸 정하는 건……."

나는 급히 손을 들며 말했다.

"야. 하지 마. 하지 말라고. 그 말 하지 마."

너는 처음일지 몰라도 난 귀에 못이 박히도록 들은 소리라고.

"그리고 너희들도 진정하고. 지금은 일단 이야기를 들어봐야 할 때잖아. 응?"

나 좀 살려 달라는 마음을 가득 담아 말하자 아야는 불만을 지우지 못하면서도 목걸이를 다시 차며 여우불을 거뒀다.

"크으응…… 알았어."

"그래, 지금은 말이지."

아야는 수긍한 것 같지만, 나래는 전투 종족인 곰의 일족의 피가 끓고 있는 것 같다.

그런 생각을 하며 에레나에게 이유를 물어보려는 순간.

"이미 자당께는 허락을 받았다."

……자당? 뭐였지? 기억이 날랑 말랑 하는데.

나는 시선을 성린에게 돌리려다가 바로잡았다.

아니, 이건 아니지. 아무리 그래도 성린이한테 물어보는 건 어른으로서의 자존심이 상한다.

"자당은 남의 어머니를 높게 부르는 말이야, 아빠."

이미 늦은 것 같지만.

거기다 놀랍게도 성린은 단어의 뜻을 제대로 말해 줬다. 조금씩 성장하고 있다는 건가. 그게 기특해서 나는 손을 뻗어 성린의 머리를 쓰다듬어 줬다.

성린은 눈을 가늘게 뜨며 그 감촉을 즐기…….

"크흠!!"

"……아, 미안."

나는 다시금 에레나를 향해 고개를 돌렸다.

에레나의 표정은 그 나이 또래의 아이로 보이지 않을 정도로 딱딱하게 굳어 있었다.

"산만하다, 요괴의 왕."

그런 말을 듣는 순간에도 나는 구석에 있는 냥이가 입가를 가리며 웃는 것을 보고 있었다.

"지금 또한 그러하다."

그걸 또 들켰네.

"……미안하다."

에레나의 표정은 풀리지 않았다.

"장소를 옮기는 것을 요구한다."

나는 생각을 하고 답했다.

"아니, 그건 안 돼."

"왜인가."

"여기 있는 사람…… 아니, 요괴가 대부분이지만 어쨌든. 여기 있는 모두가 내 가족이고 지금 나누는 이야기에 대해

36
나와 호랑이님 15

알아야 할 필요가 있어."

에레나가 말했다.

"그런 건 네가 자리를 마련해 따로 말하면 되는 것이다. 꼭 이 자리에 있어야 할 필요가 있는가? 네가 이야기에 집중을 못 하고 있지 않은가?"

그렇게 말하면 할 말이 없지. 반박을 하려면 내가 머리가 나쁘고 말재간이 없어서 애들에게 제대로 설명을 할 자신이 없다는 것과, 집중력이 산만하다는 사실을 말해야 하니까.

"너."

꿀 먹은 벙어리가 된 내가 불쌍해 보여서일까. 나래가 팔짱을 끼고서 철판도 뚫어 버릴 것 같은 시선으로 에레나를 보며 말했다.

"성훈이를 너무 무시하지 말아 줄래? 성훈이는 머리가 안 좋아서 네가 하는 말 중에서 중요한 부분을 제대로 집어서 우리들에게 설명해 줄 수 없으니까."

나래 님? 지금 저를 무시하고 있는 건 나래 님 같은데요?

"그게 또 사랑스럽지만 말이야."

나래가 그렇게 말을 이으며 내게 한껏 몸을 밀착하며 부담스러울 정도로 애정 어린 시선을 내게 보낸다.

기분 탓인가. 나래의 눈동자에서 붉은빛 하트가 반짝이고 있는 것 같은데.

"그건 사랑스러운 것이 아닌 멍청한 것이다."

에레나의 눈동자에서는 날카롭게 벼려진 검이 보이고.

"왕이라는 자가 그 정도의 능력도 없다니……."

에레나가 혀를 차며 내 귀에나 겨우 들릴 만한 작은 목소리로 중얼거렸다.

"……알아본 것과 다른 것이다."

이럴 때는 못 들은 척해 주는 게 예의니 무슨 소리인지 물어볼 수도 없는 노릇이다.

"그래서, 뭐. 할 말 있으면 제대로 해라."

대놓고 말할 수 있는 자리를 마련해 줘야지.

"이래서야 소문이 사실인 것 같다는 말을 하고 싶었던 것이다."

비슷하지만 전혀 다른 대답이 나왔다. 그것도 사람이 꽤나 신경 쓰는 쪽으로.

"무슨 소문?"

에레나가 말했다.

"요괴의 왕은 단순한 꼭두각시일 뿐이라는 소문 말이다."

이 말은 해 둬야겠다.

내가 냥이라든가, 세희라든가, 혹은 가끔씩 아이들에게 무시를 당하거나 놀림을 받아도 그렇게 화를 내지 않는 까닭은 그 아이들은 그래도 되는 입장이기 때문이다.

내가 인정한, 내 울타리 안의 사람들이기 때문이다.

그리고 에레나는 울타리 밖에 있는 사람이다.

"그리고 직접 만나 본 결과, 그 소문은 사실로 증명된 것이다."

무엇보다 말이다…….

"너는 왕답지 않은 것이다."

난, 저 말에 숨겨진 속뜻을 모를 정도로 멍청하지는 않다고.

"너…… 말이 좀 심하다?"

자연스레 목소리가 가라앉았다.

나래가 내 등에 손을 댔다. 랑이가 몸을 움찔 떨고 일어나 앉았다. 성의 누나가 내 손을 잡아 왔다. 아야의 꼬리가 파르르 떨렸다. 냥이가 만족스러운 미소를 지으며 담뱃대를 입에 물었다.

그리고 에레나는 흔들리지 않는 시선으로 나를 보고 있다.

"왕으로서의 기본적인 자세조차 안 되어 있는 자에게 어울리는 말이다. 전혀 잘못되지 않은 것이다."

에레나가 이곳에 온 이유. 그리고 그 뒤에 어머니의 손이 닿아 있을 거라는 사실.

그 모든 것들이 잠시 내 머릿속에서 사라졌다.

"진정해, 성훈아."

나래의 목소리에 냉정을 되찾을 수 있었지만.

"후우……."

깊은 숨을 내쉬며 흥분을 가라앉힌다.

랑이하고 관계된 일이다 보니까 나도 모르게 욱해 버렸네. 그래도 어쩔 수 없잖아.

에레나의 말에 다시금 랑이에게 그 무거운 짐을 지게 만들 가능성이 엿보였으니까. 이런 건 떡잎부터 밟아 버려야 한다. 아니, 떡잎이 보인 이상 뿌리까지 뽑아야 한다.

나는 내 대답을 기다리고 있는 에레나에게 말했다.

"누가 뭐래도 나는 요괴의 왕이다. 이건 신수 기린이 인정한 사실이고, 거기에 불만이 있다면 네가 직접 기린의 선택을 번복시켜라. 아니면 나를 요괴의 왕으로 인정한 웅녀에게 가서 따지든가. 그럴 수 없다면 입 다물어. 이번 한 번은 봐주겠지만 다음에는 요괴의 왕을 모독한 너한테, 아니, 너와 관계된 모든 자들에게 그 책임을 물게 만들 테니까. 알겠냐?"

내 경고에 에레나가 입술을 굳게 닫았다. 내 말이 조금 험해 보일 수도 있지만 이건 확실하게 하고 넘어가야 하는 일이다. 나는 에레나가 대답할 때까지 아무 말도 하지 않았다.

방 안에 불편한 침묵이 오간다.

그러기를 잠시.

봄 향기같이 마음을 보듬어 주는 성의 누나의 목소리가 방 안을 가득 채웠다.

"성린, 번복이 무슨 뜻인가요?"

예! 성의 누나는 마이 페이스죠!

"같은 일을 다시 한다는 거야, 엄마."

"그렇군요."

아니야! 그건 반복이다, 성린아! 아까는 어려운 말도 잘 설명해 줬잖니?!

내 생각을 읽었는지 성린이 입술을 삐죽 내밀며 말했다.

"그럼 뭔데, 아빠?"

덕분에 얼어붙어 있던 내 입술이 움직였다.

"번복은 말을 바꾼다. 뭐, 그런 뜻이야."

"말을 바꾸는 거? 그게 뭐야?"

이해가 잘 안 된다는 듯이 성린이 나를 올려다보았다. 아니, 모녀가 호기심에 가득 찬 눈으로 나를 바라보았다.

여기서 말을 바꾸는 걸 번복이라고 말하면 끝나지 않는 꼬리 물기가 시작되겠지. 문제는 내가 단어의 뜻을 잘 설명할 자신이 없다는 거다. 그래서 슬쩍 시선을 옆으로 돌려 나래에게 도움을 요청했다.

나래는 하아, 한숨을 쉬고는 허리를 살짝 앞으로 숙여 성린과 시선을 맞추며 말했다.

"예를 들어서, 오늘 밥은 한 시간 뒤에 먹겠다고 말했는데 한 시간 뒤에는 지금 안 먹겠다고 말하는 상황에서 말을 번복한다고 할 수 있는 거야."

나는 엄지를 추켜올렸고 성린은 고개를 끄덕였다.

"그렇대, 엄마."

"그래요."

성의 누나가 성린의 머리를 쓰다듬으며 말했다.

"고마워요, 성린."

"헤헤."

"나래도요."

"별거 아니야."

……나는? 나는요, 누나? 나도 칭찬해 주면 안 될까요?

내 마음을 읽지 않는 성의 누나였기 때문에 칭찬은 받지 못했지만…….

그 덕분이라고 할까, 그 때문이라고 할까.

굳어 있던 분위기가 풀렸다.

이런 상황에서 에레나의 대답을 계속 기다리는 것도 우스운 일이기에 나는 화제를 돌리기로 했다.

"뭐, 그건 그렇다 치고."

이렇게 퉁 쳐 버려도 괜찮은 이야기일까 싶지만 내 주장을 말한 뒤니 괜찮겠지.

"이야기가 자꾸 옆으로 새는 것 때문에 네가 좀 짜증이 나는 건 이해하지만…… 왜, 그런 말도 있잖냐."

"무엇 말인가."

나는 검지를 세우며 말했다.

"로마에 가면 로마법을 따라라."

에레나는 잠시 입을 다물고 있다가 말했다.

"……알았다."

불만은 있지만 수긍한 눈치다.

다시 본론으로 들어가자.

"그러면 네 이야기를 들을 수 있을까?"

어째서 네가 나와 결혼을 하겠다고 온 건지 말이다.

에레나가 대답했다.

에레나의 이야기

방송국 홈페이지에서 정식 루트로 산더미같이 받아 놓은 한국 드라마를 보고 싶다.

4테라바이트의 용량을 자랑하는 하드지만 고화질의 드라마는 파일 하나당 1기가바이트. 소장용으로 보관하고 있는 파일의 수도 많기 때문에 용량은 그렇게 남아 있지 않다.

솔직한 마음으로는 하루 종일 침대에 누워서 드라마를 보고 싶은 심정이다.

"……."

하지만 여러 가지 입장상, 에레나가 해야 할 일은 산더미같이 많다. 무엇보다 지금같이 혼란한 국제 사회의 분위기상, 그런 자유 시간이 보장되지 못하는 게 현실.

"한국어를 배우고 있다고 들었는데, 한국어로 말해도 괜찮겠지? 현지인하고 대화를 하는 건 좋은 경험이 될 테니."

그렇기에 에레나는 세계적으로 이름 높은 협상가, 박혜수와 응접실에서 마주 앉아 있어야 했다.

그녀에 대해서는 당연히 알고 있다.

인간과 인간 사이의 분란은 당연. 평범한 인간의 몸으로 오래전부터 인간과 요괴의 관계까지 발을 들이민 협상가.

절대로 우습게 볼 상대가 아니다.

그나마 다행인 것은 그녀가 이곳을 찾은 목적을 예상하고 있었다는 것.

에레나는 약간이나마 긴장을 풀 수 있었다.

최소한 '무지'라는 적을 상대할 필요는 없을 테니까.

"괜찮다."

그건 그렇다 해도 이상하다. 드라마를 통해서 배운 바로는, 저런 말투는 남성이 쓰는 경우가 대부분이니까.

……물론 자신의 말투도 이상하다는 것 정도는 알고 있다. 하지만 지금까지 본 드라마는 정통 사극이 대부분이었고, 남자 배우의 수가 압도적으로 많았으니까 어쩔 수 없는 일이었다.

"그렇다고 한국의 모든 여자가 나처럼 말한다고는 생각하지 말도록. 나는 특이한 부류니까."

"알겠다."

특이한 건 말투뿐만이 아니니까.

이곳은 겉으로 보이는 것처럼 단순한 고풍스러운 저택이 아니다. 그 내면은 먼 옛날부터 요정과 괴물들에게 이 나라와 백성들의 안전을 지켜 온 비밀 조직 에인헤랴르의 아지트인 것이다.

이 사실을 알고 있는 사람의 수는 드물지만, 상대는 예전부터 대상을 가리지 않고 활동하고 있는 협상가다.

그 정도는 알고 있을 것이다.

그런데 언질도 없이 동양 요괴인 까치와 까마귀의 요술인 오작술을 이용해 쳐들어와서는 너무나 당당하고 편안하게, 다리까지 꼬고서 소파에 앉아 있다.

거기다 왜 입고 있는 옷은 허벅지까지 깊게 트인 차이나 드레스일까.

에레나는 속으로 한탄을 금할 수 없었다.

현지인이 입은 한복을 보고 싶었는데 말이다.

"그럼 바로 본론으로 들어가 볼까?"

에레나는 사소한 불만을 지워 버리고 고개를 끄덕였다.

"사정은 들어 알고 있다."

"바로 어제 있었던 일인데 빠르군. 그래도 서로 알고 있는 정보가 다를 수 있으니까, 간단하게 확인하고 넘어가도 될까?"

"좋을 것 같다."

혜수가 고개를 갸웃거리는 것을 보면서도 에레나는 긴장을 놓지 않았다.

"무엇이 문제인가?"

"본격적인 이야기를 하기 전에, 개인적인 질문을 하나 해도 될까?"

"해도 된다."

"내가 할 말은 아니지만, 원래 그런 말투인가?"

에레나는 고개를 가로저었다.

"한국어를 드라마를 통해 배우고 있기에 이런 것이다."

"무슨 드라마를 보고 있는데?"

"사극이다."

"아침 드라마는 안 보나? 그편이 좀 더 자연스러운 말투를 배우기에 좋을 텐데."

에레나가 인상을 찌푸리며 말했다.

"안 본다."

"왜?"

"너무나 말도 안 되는 일들로 가득한 것이다. 그런 건 내 취향이 아니다."

"……아쉽네."

혜수가 빙긋 미소 지으며 말했다.

"지금부터 네게 제안할 일은 아침 드라마 같은 일인데 말이야."

그 미소가 먹이를 앞에 둔 맹수와 같았기에, 에레나는 마음을 다잡았다.

"일단. 이번에 요괴의 왕이 저지른 자그마한 실수 때문에 무슨 일이 일어났는지는 알고 있겠고."

에레나가 고개를 끄덕이는 것을 본 후 혜수는 말을 이었다.

"덕분에 이곳저곳에서 요괴의 왕을 제어할 수 있는, 최소한 견제할 수 있는 수단이 필요하다는 소리가 많아졌지."

"알고 있다."

"어제 중국에서 열린 회의에서 아시아 쪽의 방침이 정해진 것도, 알고 있겠지?"

에레나는 다시금 고개를 끄덕였다.

"중국 정부와 관계가 깊고, 전 요괴의 왕과 인연이 있는 짐이라는 요괴가 다시금 찾아간다는 정보를 입수했다."

"그래, 그리고 이쪽 유럽에서도 비슷한 이야기가 나오고 있다는 것도 모르고 있지는 않겠지."

혜수가 찾아온 목적이 이것일 것이라 예상하고 있었기에 에레나는 당황하지 않았다.

그렇기에 바른 자세로 앉아 있음에도 일부러 허리를 곧추세우며 목소리에 경계심을 가득 담았다.

"무언가 문제라도 있나?"

"아니."

어깨를 으쓱하며 고개를 가로젓는 혜수의 행동에 에레나는 살짝 당황했다.

그럼 왜 온 건데?!

"이런 일에 손 놓고 있으면 오히려 그게 더 문제지. 다른 꿍꿍이 같은 게 있다는 뜻이니까."

"……하고 싶은 말이 무엇인가?"

혜수가 다리를 풀고 허리를 앞으로 숙여 에레나와의 거리를 좁히며 말했다.

"너, 내 며느리가 돼라."

"……뭐?"

덴마크어로 말하지 않은 것은 이 자리에서는 한국어로만 말하겠다고 스스로 정했기 때문이었다.

혜수는 당황한 에레나의 안색 같은 건 신경 쓰지 않는다는 듯, 이번에는 다시 등을 의자에 기대며 다리를 바꿔 꼬면서 느긋한 목소리로 말했다.

"이번에 중국에서 누가 요괴의 왕의 구속구가 될 것인가에 대한 토론이 있었을 때 꽤나 힘들었거든. 아니, 토론이라 하기도 그렇군. 자신들의 이득을 위해 상대편을 물고 뜯으며 깎아 내기 바쁜 그치들의 언쟁은, 짐승의 짖는 소리와 비교해도 격이 떨어지니. 내가 없었다면 인간들끼리 전쟁을 벌일 뻔했으니 말이야."

에레나는 혜수가 무엇을 말하고 싶은지 눈치챘다.

"네가 나를 요괴의 왕과 결혼시킴으로써 그런 상황을 미연에 방지하겠다는 건가?"

혜수가 어깨를 으쓱거리며 말했다.

"약혼이다. 아무리 착한 우리 아들이라 해도 멋대로 결혼을 시키면 진심으로 화를 낼 테니까."

"그런가……."

에레나는 생각에 잠겼다.

혜수는 이전에도 실력 있는 협상가로 이름 높았지만, 지금은 요괴의 왕의 친모라는 점에서 더욱 유명해졌다. 덕분에 지금은 어느 곳에서도 함부로 대하기 힘든 위치가 되었고.

아마 중국의 회의에서도 그 점을 십분 활용했을 테지.

지금처럼.

혜수가 말했다.

"왜, 마음에 안 드나? 아니면 우리 아들에 대해 알아 가는 시간이 필요하다거나?"

"필요 없는 것이다."

국제 테러리스트 요괴로 지목된 냥이의 신병을 확보하기 위한 작전 이후, 요괴의 왕 강성훈의 정보를 한층 더 주의 깊게 수집했으니까.

평범한 고등학생이었던 소년이 단기간에 이루었다고는 믿을 수 없는 업적에, 천재라고 불리는 에레나도 혀를 내두를 수밖에 없었다.

에레나는 솔직히 감탄했고, 본받아 배울 점도 있다고 생각했다.

로리콘이지만.

누구도 부정할 수 없는 로리콘이지만.

그것과는 별개로 혜수의 제안은 에레나와 에인헤랴르에게 나쁘지 않았다. 아니, 오히려 좋다고 할 수 있을 것이다.

요괴의 왕과 약혼함으로써 에인헤랴르와 요괴의 왕의 인연이 생겨난다.

그로 인한 수많은 이득이 에레나의 머릿속에 떠올랐다.

……한 가지 마음에 들지 않는 점은 있지만, 그것만 감수하면 되는 일이다.

자신의 의무를 받아들이고, 발키리가 되기로 결심했던 그때. 그때 했던 다짐. 그때의 다짐은 지금도 변하지 않은 것이다.

"좋다."

"잘됐네. 그러면 아이들이 깨고 나서 바로 지리산으로 가도록 할까? 이런 일은 손이 빠를수록 좋으니까."

에레나가 고개를 끄덕였다. 사용자에게 부담이 크다는 단점만 제외하면, 오작술은 훌륭한 이동 수단이니까.

하지만 그 전에.

한 가지 이해가 안 되는 부분이 있었다.

"하나만 묻지."

"그래."

"왜 나인가?"

혜수의 제안을 받아들일 곳은 밤하늘의 별처럼 많을 것이다. 에인혜랴르가 약소 조직은 아니지만, 그렇다 한들 다른 명성 있는 곳들과 비교하면 조금은 격이 떨어지는 게 사실이다.

혜수 역시 다른 곳들을 생각해 보지 않은 것은 아니다.

아니지만.

"요괴의 왕하고 약혼을 하려면 상대도 그만큼의 격이 있어야 하는 것 아니겠어?"

표정을 굳힌 에레나에게 재미있다는 듯, 혜수가 말을 이었다.

"물론 우리 아들이 로리콘이라는 점이 가장 큰 이유겠지만."

에레나는 고개를 끄덕일 수밖에 없었다.

그렇다면 자신보다 적합한 여자는 찾을 수 없을 테니까.

두 번째 이야기

어머니이이이이이이!!

만약 그런 말을 한 게 세희였다면 날 놀리기 위해서라고 생각하겠지만, 어머니다.

어머니는 정말 내가 로리콘이라고 생각하시는 거다. 왜? 왜죠?

제 취향은 쭉쭉빵빵한 누님이라고요!

에레나 같은 어린애는 여자로 안 봅니다!

그때.

"……응?"

랑이가 표정을 찌푸리며 자신의 가슴에 손을 올렸다.

"왜 그러느냐."

"갑자기 속이 답답해진 것이니라."

냥이의 얼굴이 새하얗게 변했다.

"이런, 피곤한 것 아니느냐? 이런 곳에 있지 말고 언니랑 쉬러 가자꾸나, 흰둥아! 아니, 아니다. 내 좋은 온천을 알고 있으니 거기서 탕치(湯治)라도 하자꾸나!"

……물론 랑이는 제 취향을 뛰어넘는 이상형입니다.

랑이야, 사랑한다!

"아! 갑자기 괜찮아졌느니라."

랑이의 저런 면은 감이 날카롭다는 걸 넘어 요술의 범주에 들어가지 않을까.

뭐, 어찌 되었건.

나는 에레나가 의도했는지, 의도하지 않았는지는 모르겠지만 이야기 중 빠진 부분에 대해 묻기로 했다.

"넌?"

"무슨 말인가."

세희가 말하길, 나는 사람의 표정을 잘 살피는 편이라 한다. 나도 어느 정도 자각은 있고.

그런 내가 봤을 때, 에레나는 한순간 표정이 어두워진 적이 있었다.

그건, 어머니의 제안을 받아들인다고 했을 때.

에레나는 나와의 혼약으로 에인헤랴르 쪽에도 많은 이득이 온다고 했다.

하지만 그때 에레나의 표정은 그렇게 밝지 않았다. 그 이유는 상식적으로 생각하면 누구나 쉽게 알 수 있겠지.

나는 그 이유를 입에 담았다.

"너는 나하고 결혼하고 싶냐?"

"……."

에레나는 쉽게 대답하지 못했다.

그럴 만하지.

생각해 봐. 이제 막 10살 정도 되는 꼬마애가 이제 두 번 봤을 뿐인 남자하고 결혼하고 싶겠어?

랑이는 예외다.

랑이는 나한테 첫눈에 반했으니까.

내가 보기에 에레나는 뭔가 이유가 있어서 어머니의 제안을 받아들인 것 같다.

"그런 것은 상관없다."

봐봐. 지금 고개를 돌려 시선을 피하면서 표정을 드러내지 않기 위해 애쓰고 있잖아.

"나와 요괴의 왕의 혼약은 필요한 것이다."

자연스럽게 인상이 찌푸려졌다.

여러 가지 기억들이 되살아나면서 인상이 조금 사나워진 것 같다. 무엇보다 이번에 에레나를 이용하려고 한 게 다른 누구도 아닌 우리 어머니라는 이유가 크겠지.

도대체 어머니는 무슨 생각을 하고 계신 거야?

아무리 그래도 이건 아니지 않나?

내가 인상을 찌푸린 채 생각에 잠겨 있을 때.

내 기분이 상한 걸 눈치챘는지 에레나가 조심스러운 목소리로 말했다.

"……이 혼약은 에인헤라르 쪽만이 아니라 요괴의 왕, 너에게도 좋은 일이다. 유럽의 조직들에 대한 억제력이 생기는 것이니까."

이 녀석은 지금 잘못 생각하고 있다.

"지금 그런 이야기가 아니잖아."

"그럼 무엇인가."

정말 몰라서 묻는 건 아닐 텐데?

어쩔 수 없네. 이번에는 조금 더 직설적으로 말할 수밖에.

"약혼이라는 건, 서로 사랑하는 두 사람이 결혼을 약속하는 소중한 일이야. 나는 그런 이유로 너하고 약혼할 수는 없어."

그 외에도 많은 문제가 있지만, 가장 중요한 건 둘의 감정이다.

어른들이 보기에는 어리다고 생각할지 모르겠지만, 나는 실제로 어리다.

"······생각하는 게 어리다."

그렇다고 나보다 어린 네가 그걸 말하면 안 되지.

"그래도 상관없어. 하지만 나는 이런 일에는 서로의 감정이 가장 중요하다고 생각해. 그러니까 일단 다시 돌아가서 다른 방식으로 협정이나 계약을 맺······."

"그럴 필요 없다."

에레나가 말을 이었다.

"내가 너를 사랑하면 되는 것이다."

할 말을 잃었다.

이 녀석이 지금 무슨 말을 한 거지?

하지만 더 놀라운 말은 그 다음이었다.

"그리고 네가 나를 사랑하도록 만들겠다."

내가 상황을 받아들이려고 노력하는 사이.

"그렇다면 이 결혼에 문제는 없을 것이다."

에레나는 한 점의 미혹도 없이 당당하게 자신의 의견을 주장했다.

그 시선은 예전, 정신세계의 바닷가에서 내게 사랑을 고백하던 랑이의 그것과 너무나 닮아 있었다.

……이 녀석은 진심이야! 그만한 각오를 하고 있어!

나는 위기감에 정신이 퍼뜩 들었다.

"문제 많거든?!"

"뭐가 문제인가?"

"순서가 다르잖아, 순서가!"

"누구와 사귀어 본 적 없기 때문에 모른다."

"드라마 많이 본다며?!"

에레나가 표정을 굳히며 심각한 목소리로 말했다.

"너는 드라마와 현실을 구분 못 하는가? 그런 생각이 드라마의 질적 하향을 가지고 오는 것이다."

"그런 게 아니라! 참고는 할 수 있다는 말이지!"

"그런가. 하지만 내가 보는 정통 사극에서는 연애 이야기가 거의 없다."

아마도 그 자리를 차지하고 있는 건 지금과 같은 정략결혼이겠지.

"……그러냐."

"그렇다."

에레나가 말을 이었다.

"너는 도대체 무엇이 문제이기에 난색을 표하는 것인가."

"뭐가 문제긴. 지금이 조선 시대도 아니고 누가 약혼부터 하고……."

말하는 도중 깨달았다.

내가 말실수를 했다는 것을.

이미 그런 식으로 사랑하게 된 인간과 요괴가 바로 여기 있으니까.

에레나가 고개를 살짝 기울이며 그 사실을 언급했다.

"네가 할 말인가?"

……그렇습니다.

"지금은 서로 없으면 못 사는 사이라고 들었다."

…………그러합지요.

"다시 묻겠다. 뭐가 문제인가?"

에레나가 교묘하게 내 말실수를 파고들었다.

어, 어떻게 하지? 이걸 인정 안 하면 그 순간 나와 랑이의 관계조차 부정하는 꼴이 돼 버리는데?

"그래요."

그런 나를 도와주겠다는 듯이 성의 누나가 입을 열었다.

"사랑하게 되는 데 과정은 관계없는 거예요, 성훈."

안 좋은 쪽으로.

"서로 사랑하게 되었다는 사실이 중요한 거죠."

아니, 성의 누나!

"그렇죠, 성훈?"

맞는 말인데! 정말 맞는 말이긴 한데요! 지금 이 상황에서 그런 말씀을 하시면 상당히 곤란하다고요!

아! 그런데도 살짝 볼을 붉히며 연모가 가득한 눈으로 바라보는 성의 누나가 너무나 사랑스러워서 아무 말도 할 수 없는 내 자신이 밉다! 너무나 밉다!

"자기 논리에 자기가 발목 잡히면 어떻게 해, 이 바보 아빠!"

아야의 발언에 나는 어깨의 짐을 살짝 내려놓는 기분이 들었다.

에레나가 아야 쪽으로 시선을 돌렸거든. 아야는 그 시선을 피하지 않고 기세등등하게 말했다.

"너 말이야. 아빠가 바보라는 거 이용해서 얼렁뚱땅 여기 눌러앉을 생각하지 마. 그건 내가 허락 못 하니까."

에레나가 생각에 잠긴 듯, 잠시 시간을 들인 후 말했다.

"……조금 전부터 궁금한 게 있었다."

"크응? 뭔데, 이 궁금아?"

에레나가 말했다.

"너는 누구인가."

빠직.

지금 아야에게서 그런 소리가 들렸습니다.

"키이이이잉!!"

내가 잘못 들은 게 아니라는 듯, 아야가 꼬리를 붉게 물들이며 벌떡 일어나서 소리쳤다.

"우리 아빠 딸이거든?!"

정말로 그렇게 생각하면 곤란하기에 나는 슬쩍 에레나에게 말했다.

"정확히 말하면 아야는 내 양녀다."

에레나가 고개를 끄덕였다.

"큰 의미가 없는 정보라 누락되었던 같다. 앞으로는 기억하는 것이다"

"필요 없어!"

붉어진 꼬리를 바짝 세우며 씩씩거리는 아야에게 에레나가 어딘가 기쁜 기색으로 말했다.

"이것이 드라마에서만 보던 아버지의 재혼을 받아들이지 못하는 자식과의 갈등이라는 것인가?"

"아니야!!"

너는 왜 불에 기름을 끼얹냐.

나는 슬쩍 나래에게 눈짓을 보냈다. 내가 옆에 앉아 있으면 잡아서 앉히고 머리라도 쓰다듬어 주며 달래 주겠지만, 위치상 그럴 수 없으니까.

"……하아."

내 뜻을 이해해 준 나래가 아야의 손을 잡아 자리에 앉히며 말했다.

"지금은 화낼 때가 아니니까 가만히 있어, 아야야."

"하지만 나래 언니! 언니는 화 안 나?"

나래가 반대쪽으로 고개를 돌리고 있기 때문에 나는 그 표정을 볼 수 없었다.

"……그런 것 같아?"

아야의 표정이 새파랗게 질리는 걸 보니 안 봐서 다행이라는 생각이 드는군.

"키, 키이잉……."

아야를 풀 죽은 바둑이처럼 만든 나래였지만, 이쪽을 보았을 때는 얼굴에 해바라기 꽃이 피어 있다는 게 참으로 무섭다.

"성훈아."

"으, 응?"

"잠깐 에레나하고 얘기해도 될까?"

나는 고개를 끄덕였다.

동시에 에레나가 살짝 긴장하는 눈치를 보였다. 누가 뭐라 해도 나래는 현 곰의 일족 수장이니까.

"안녕? 내가 누군지는 소개 안 해도 되겠지?"

에레나가 고개를 끄덕였다.

"곰의 일족의 새로운 수장, 서나래. 알고 있다."

"응, 맞아. 그리고 성훈이의 애인이기도 해."

부끄러움은 왜 내 몫인가.

"일단 먼저 이야기하자면."

어째서 두려움도 내 몫인가.

"약혼을 은근슬쩍 결혼이라고 바꿔 말하는 건 그만둬 주겠니? 살짝 기분 나빠지거든?"

웃는 얼굴에 평온한 목소리였지만, 그것을 뛰어넘는 압박

감이 나래에게서 뿜어져 나온다. 그건 요술과 같은 신비한 힘 같은 게 아닌……

순수한 독점욕에서 기반한 것이 아니었을까.

"그렇다 한들 나는 약속을 깰 생각이 없다."

거기에 대고 똑바로 말하는 에레나도 대단하다.

"웃겨. 성훈이하고 직접 한 약속도 아니면서."

나래의 말에 에레나가 나를 바라보았다.

저기, 나는 잠깐 동안 제삼자로 있고 싶은데. 지금 상황에서 말 한마디 잘못했다가는 화가 난 나래가 내 손을 잡고 자기 방으로 끌고 가서 무슨 행복한……

크흠!

위험한 짓을 할지 모르니까.

"요괴의 왕."

에레나는 내 사정 같은 건 신경 쓰지 않았다.

"왜."

"상호 간의 감정 문제상 언급하지 않으려 했지만, 너와 네애인이 너무나 완강한 것 같으니 묻도록 하겠다."

"뭘."

"너는 혜수에게 외교에 대한 전권을 위임하지 않았나?"

"……응?"

그, 그랬었나?

분명히 어머니께 나래와의 사소한 다툼 때문에 일어난 일의 뒤처리를 부탁드리긴 했다. 하지만 그게 외교와 관계된 일이야?

그걸 물어보기 위해 나래를 보았다.

"……칫. 그렇게 나오겠다 이거지?"

나래가 인상을 찌푸리며 아랫입술을 깨물고 있었다.

……그런 것 같네.

"이번 약혼은 요괴의 왕에게 전권을 위임 받은 혜수가 제안한 것이다. 우리 에인헤랴르는 그 제안을 받아들였을 뿐이다. 만약 불만이 있다면 내가 아닌 혜수에게 하는 것이 맞을 것이다."

"아니, 그렇다고……."

"요괴의 왕."

에레나가 이야기에 마침표를 찍었다.

"자신의 말에 책임을 지는 것. 그것이 왕이 가져야 할 기본 덕목이다."

할 말이 없어진 나는 하루 동안 생각할 시간을 달라는 조건으로 에레나의 체류를 허락할 수밖에 없었다.

＊　＊　＊

쉴 곳을, 내 생각에는 머물 곳을 요구한 에레나에게 마당 한쪽에 있는 사랑방을 안내해 준 뒤. 우리들은 평소보다 조금 늦은 아침을 먹었다. 어린애 혼자 밥을 먹게 하는 건 양심이 찔리지만, 그렇다고 겸상을 하자니 난리가 날 것 같기에 에레나에게는 사랑방에 각상을 차려 줬고.

평소라면 배가 부른 아이들과 행복한 시간을 보내며 낮잠을 재운 뒤 일을 하러 갔겠지만…….

"그래서 어찌하실 겁니까."

"그래서 어떻게 할 것이냐?"

"그래서 어떻게 할 거야?"

나는 언제나 애용하던 마당의 한구석에서 담을 등진 채 나래와 냥이와 세희에게 둘러싸여 있었다.

이제 구슬픈 초나라 노랫소리만 들려오면 완벽하겠군!

"아니, 뭐, 어떻게 할 거냐고 물어도……."

랑이가 살짝 불만을 가질 정도로 밥 먹을 때에도 열심히 생각한 결과 나온 방법은 하나 있지만, 반응이 무섭기 때문에 입에 담기 힘들다.

그런 나를 보며 냥이가 곰방대를 입에 물며 한심하다는 듯 말했다.

"쯧쯧. 그러니까 사내가 말을 할 때는 조심해야 하는 법인 걸 모르느냐."

"그 전에, 그 인간이 말하기 전까지는 당신이 하신 말씀이 어떤 뜻인지조차 이해를 못 하고 있었던 것 같습니다만."

검은 녀석들이 내 마음을 어둡게 만든다.

"그렇게 몰아세우지 마. 그때는 이렇게 될 거라고는 생각 못 했으니까."

나래로 광명을 찾는군.

"……도대체 어머님은 무슨 생각이신지 모르겠지만."

암명이었다.

나는 분위기를 돌리기 위해서 아무 말이라도 꺼내 보았다.

"일단…… 어머니한테 전화라도 해 볼까?"

"""……"""

왜 그렇게 날 보는 시선이 미심쩍은데?

"의미 없을 것 같습니다만."

"쯧. 넌 자신의 어미가 어떤 인간인지도 모르고 있느냐?"

"해 봤자 정론에 밀려서 말 한마디 제대로 못 하고 끝날 것 같으니까 하지 마."

세 명 다 같은 생각인 것 같다.

그렇다면 일단 이야기를 들어 보자.

"그러면 너희들은 어떻게 하는 게 좋을 것 같은데?"

나래가 말했다.

"명분은 저쪽에 있으니까 세간의 눈을 생각하면 억지로 내쫓지는 못할 것 같아. 또 다른 논란거리를 만들 생각이 아니라면. 이럴 때는 자기 발로 나가게 하는 게 좋지 않을까?"

"어떻게?"

나래가 살짝 미소 지으며 말했다.

"곰의 일족으로 몰래 에인혜랴르를 박살 내면 약속이 의미 없어지지 않겠어? 생트집을 잡을 것 같긴 하지만, 그건 어떻게든 될 것 같고."

"그건 생트집이 아니잖아!"

나래가 혀를 빼 내민 걸 보아 농담이 확실하다. 애초에 우리 상냥한 나래가 그런 험악한 짓을 할 리도 없고.

"제 생각은 다릅니다."

상냥함과는 거리를 둔 세희의 말에 나는 바짝 긴장했다. 이 녀석이 제정신인 것 같은 말을 한 뒤에는 정신 나간 소리가 나오는 법이니까.

"그 인간만 묻어 버리면 될 것을 왜 그리도 귀찮게 돌아가시려는 겁니까."

내 말 맞지?!

"내가 할 말은 하나뿐이니라."

냥이가 뭐라 하기 전에 내가 먼저 입을 열었다.

"이 일로 랑이가 슬퍼하는 모습을 보이면 날 죽여 버린다는 거겠지."

"……흥!"

내가 자기 생각을 맞춘 게 마음에 안 드는지 냥이가 휙, 고개를 돌리며 말했다.

"이놈이고 저놈이고 마음에 안 드는구나. 제멋대로 생각하는 꼴 하고는……."

이놈은 나인 것 같은데 저놈은 도대체 누구야? 세희를 말하는 건가?

아니, 냥이가 세희를 말할 때는 앞에 긴 미사여구가 붙는 게 보통이니까 아닐 것 같다.

그럼 누구지?

생각이 깊어지려고 할 때, 나래가 날이 선 목소리로 말했다.

"그래서 너는?"

내가 제대로 된 방법을 말하지 않으면 에인 뭐시기가 사라지거나, 에레나가 암매장을 당할 것 같은 분위기다.

어쩔 수 없군.

나는 분명 이 녀석들이 싫어할 만한 방법을 입에 담았다.

"그냥 이대로 우리 집에 머물게 해도 괜찮지 않을까?"

"""……."""

우, 우와. 시선이 따갑다 못 해 아파. 예상 이상으로 아프다.

나래는 새치름한 표정을 지었지만 눈빛만은 그렇지 않다. 당장이라도 작은 다툼이 있기 전의 나래로 돌아갈 것 같은 분위기야.

냥이는 여름날에 3일 동안 방치한 음식물 쓰레기를 보는 눈이고.

세희에 이르러서는 '이 인간, 원심 분리기에 집어넣고 돌려야 제정신을 차릴 모양이군.' 같은 생각을 하지 않고서는 나올 수 없는 눈빛이었다.

나는 재빨리 말을 이었다.

"잘 들어 봐. 일단 어머니가 에레나와 약혼을 하게 만든 건 그, 에인…… 뭐시기라는 조직을 이용해서 논란을 가라앉히기 위해서잖아? 그걸 통해서 그쪽도 이득을 보는 게 있을 거고. 즉, 약혼이라는 방식만 아니었다면 그렇게 나쁜 일은 아니라는 거야."

세 명의 묵묵부답이 무섭지만 나는 계속 말을 이었다.

"그러니까 일단은 약혼을 한 상태로 놔두다가, 논란이 가라앉으면 그때 가서 억지로라도 에레나를 돌려보내도 되지 않을까 싶어서 한 말이었어. 그때 다시 무슨 문제가 일어나도, 지금 처한 상황보다는 대처가 쉬울 테니까. 절대로 에레나에게 이상한 감정 같은 건 없고."

마지막으로.

"물론 이건 에레나에게 비밀로 할 생각이야. 약혼을 파기할 생각이라는 걸 알면, 무슨 짓을 할지 모르니까."

말을 마친 뒤.

나는 가장 먼저, 언제나 내 주장을 반론하며 내 마음에 상처를 주는 세희 쪽을 반사적으로 보게 되었다.

"주인님."

나는 세희의 표정을 읽을 수 없었다.

"저는 주인님께서 오늘 하실 업무를 준비하기 위해 이만 자리를 비우겠습니다."

이런 상황에서도 일은 해야 하는구나. 이런 날에는 좀 쉬고 싶다고.

물론 중요한 건 이 녀석이 이야기를 나중으로 미루었다는 거지만. 내 방에서 세희가 어떤 말로 내 자존감을 가루로 만들지 벌써부터 무서워진다.

정작 당사자는 까마귀를 본뜬 가면을 쓰고서는 두 팔을 벌린 채 연기로 변하고는, 내 방 앞으로 가서 원래의 모습으로 변했지만.

뭐냐, 그건. 또 뭘 흉내 낸 거냐.

그런 생각을 하고 있을 때 냥이의 목소리가 들렸다.

"……쯧. 상식적으로는 올바른 판단이긴 하나, 사람을 보는 눈이 없는 건 아직 어리기 때문이냐."

냥이는 불만에 가득한 표정으로 담배를 뻑뻑 피고 있었다.

"알겠느니라. 네 생각이 그렇다면 나는 물러나겠느니라. 어차피 흰둥이가 그런 것에 연연하는 성격은 아니니."

……그러면 왜 온 건데?

내가 묻기도 전에 냥이는 등을 돌려 안방으로 돌아갔다. 아마 식곤증에 몸을 맡긴 랑이를 돌봐 주기 위해서겠지.

그리고 나도 여기서 돌봐 줘야 하는 사람이 한 명 있었다.

세희와 냥이가 자리를 비우자 침울해하며 내 티셔츠 끄트머리를 잡은 나래 말이다.

"성훈아, 내 기분도 생각해 주면 안 돼?"

"알고 있어. 하지만 걱정하지 마, 나래야. 이건 허울뿐인……."

나래가 내 가슴에 머리를 기댔다.

"바보."

아프지 않은데 아프다.

"그런 게 아니란 말이야."

"……이야기해 줘, 나래야. 왜 그러는데?"

"랑이나 다른 아이들은 참을 수 있어. 하지만 그 애는 아니야."

나는 나래를 끌어안고서 속마음을 말할 때까지 기다렸다.

"너를 이용하기 위해 너를 사랑하겠다는 애가 옆에 있으면…… 내 마음까지 우스워지는 것 같으니까."

이럴 때는 무슨 말을 해야 할지 모르겠다.

그렇지 않다고, 나래가 나를 사랑해 주는 마음은 세상의 그 어떤 것보다 귀하고 소중하다고 말할 수는 있다.

하지만 그건 거짓된 위로의 말뿐이다. 그 마음에 거짓은 없지만…….

솔직히 말해서, 나는 나래가 지금 느끼고 있는 감정을 온전히 이해할 수 없었으니까. 나래가 왜 슬퍼하고 있는지 알 수는 있지만 말로는 설명을 못 하겠다.

그런 내가 입을 여는 건 바른 선택이 아니라는 생각이 든다.

그래서 나는 아무 말 없이 나래를 껴안은 팔에 조금 더 힘을 줬다.

나래도 나를 마주 안으며 물기에 젖은 눈망울로 나를 올려다보며 말했다.

"그러니까 키스해 줘."

잠깐.

"지금 그런 분위기였어?"

"아니야?"

……아니라고는 말 못 하겠지만.

객관적으로 봤을 때, 슬픔에 빠진 애인을 달래 주는 상황이니 말이다.

"아니면 싫어? 나하고 키스하는 거?"

"그런 건 아닙니다만."

"그러면 해 줘."

그래. 사람은 말보다는 행동이지.

나는 짧지만 깊게 나래와 입을 맞췄다.

그리고 나래는 내 엉덩이를 움켜쥐며 슬며시 허벅지로 내

다리 사이를 파고들었다.

　나는 내 정절을 지키기 위해 방으로 도망쳤다.

　쾅!

　재빠르게 문을 닫고 등을 기댄 채 숨과 함께 정신을 고르고 있자니, 이미 방 안에서 나를 기다리고 있는 세희가 말했다.

　"오셨습니까?"

　"헉, 헉. 그, 그래, 헉……."

　"숨 좀 고르시지요."

　안 그래도 그러고 있다.

　내가 잠시 안정을 되찾는 동안 세희가 슬쩍 안경을 고쳐 썼다. 내가 일할 때에는 언제나 저 여성용 정장 차림이지.

　"상시 발정 상태인 곰을 상대하느라 힘드시겠습니다."

　"……그런 식으로 말하지 마."

　나래는 지금까지 쌓아 놓았던 감정들이 가라앉을 생각을 안 하고 폭주하고 있는 것뿐이니까. 시간이 지나면 예전의 정숙하고 조신했던 나래로 돌아올 거다.

　……그렇지, 나래야?

　믿어도 되지?

　"관계가 더욱 깊어진 후라면 그렇게 되겠지요."

　"이상한 소리하지 말고. 오늘 처리해야 할 서류부터 줘."

　세희가 서류 뭉치를 건네주었다.

　평소보다 두 배는 더.

　나는 책상 위에 쌓인 서류의 산을 멍하니 보다가 고개를 돌렸다.

"……너, 나한테 불만 있냐?"

"혹시 주인님께서는 사람의 눈과 귀가 두 개인데 입은 하나인 이유를 알고 계십니까?"

"많이 보고, 많이 듣고, 말은 신중하게 하라는 거잖아."

세희가 고개를 끄덕였다.

"그걸 아시는 분이 왜 그러십니까."

아, 그래. 이제 이 정도로는 화도 안 난다.

"왜 지금 내가 해야 할 일이 평소의 두 배가 됐는지 궁금해서."

세희가 소매에서 꺼낸 마술사 모자를 쓰고, '복수자들'이라는 영화의 악당이 들고 있던 지팡이를 손에 들고서 과장되게 외쳤다.

"신사 숙녀 여러분! 지금부터 주인님의 눈과 귀를 하나로 만드는 요술을 보여 드리겠습니다!"

"하지 마!"

"그러면 생각을 하시고 말씀하시지요."

나는 어깨를 추욱 늘어뜨리며 말했다.

"아까 내가 한 말 때문이지?"

"잘 알고 계시는 것 같군요."

둘 다 말이지.

"뭐가 그렇게 마음에 안 드는데?"

"제 성격 잘 알고 계시지 않습니까."

"음흉하게 꼬여 있고 악랄하면서 괴팍하다는 거?"

"호오, 그렇게 생각하고 계셨습니까? 그러면 앞으로는 그에 기초해서 행동하겠습니다."

"농담이었으니까 제발 그러지 마라."

어느 정도는 사실이지만, 나는 세희의 그런 면이 겉으로 드러난 일부분일 뿐이라고 생각한다. 그 내면에는 분명…….

부끄러워지니까 넘어가자.

그 대신 나는 세희가 불쾌해하고 있는 이유를 입에 담았다.

"그보다 네가 그렇게 화가 난 건 에레나가 인간이고, 내가 그 녀석을 집에 계속 놔둔다고 정해서 그런 거냐?"

세희는 입을 다물었다.

이 녀석이 인간을 싫어하는 건 다들 알고 있겠지. 그 이유는 아직 물어보지 못했지만.

어쨌든.

그것 때문에 내가 랑이에게 묶여 있을 때도 풀어 줄 생각을 하지 않았을 테고, 에레나와 안방에서 이야기할 때도 한마디조차 꺼내지 않았으며, 에레나를 당장 돌려보낼 생각이 없다는 말에 짜증이 나 자리를 비운 게 아닐까 싶다.

……그 가면 쓴 이상한 모습은 뭔지 모르겠지만.

"그래도 어쩔 수 없잖아, 지금은. 일단 상황이 나아질 때까지만 조금 참……."

세희가 내 말을 끊듯, 보란 듯이 한숨을 쉬었다. 지독한 피로감이 가득 찬 한숨을.

……내가 뭔가 말을 잘못했나?

"주인님."

세희의 진지한 모습에 나는 바짝 긴장하며 말했다.

"응."

"정말 제가 그런 이유만으로 화가 나 있다 생각하십니까?"

이유 중 하나라는 거잖아.

하지만 내가 대답을 하기 전에 세희가 말을 이었다.

"죄송합니다. 주인님 수준에서는 응. 혹은, 그래. 그것도 아니라면 Yes라는 답변밖에 나오지 않을 질문이었습니다."

이 녀석은 숨을 쉬는 것처럼 나를 무시하네.

"그러면 다른 이유라도 있는 거야?"

"그렇다고 몇 번을 말해야 알아들으시겠습니까. 혹시 벌써부터 귀가 어두워지신 겁니까? 어두운 건 주인님의 미래만으로 충분하니 지금부터는 건강에 신경을 써 주셨으면 합니다. 아니면 제가 돌려 말했다는 것을 이해할 지적 능력이 없으신 겁니까? 그렇다면 어쩔 수 없군요. 주인님께 그런 것을 바란 제 잘못입니다. 죄송합니다, 주인님. 다음부터는 언제나 웃는 낯으로 주인님을 상냥하게 대하겠습니다."

살짝 울컥했지만 나도 여기서 화를 내 봤자 좋은 꼴은 보기 힘들다.

참자. 참아야 하느니라. 이런 일이 하루 이틀도 아니고 말이야. 지금 동안 쌓아 온 인내심이여! 지금 그 진가를 발휘해라!

"왜 그런지 말을 해 줘야 알지."

그럼에도 신경질적인 목소리가 나온 것까지는 어떻게 할 수 없었다.

세희는 입을 다문 채 잠시 생각에 잠기고서는 이내 환한 미소를 지었다.

"괜찮습니다. 주인님. 주인님의 충실한 종인 저, 세희가 곁에 있으니까요. 모든 걸 저에게 맡기시고 평소처럼 안주인님과 행복한 시간을 보내 주시기만 하면 저로서는 더 이상 바랄 것이 없습니다."

역시, 세희는 어떻게 하면 사람의 속을 긁는지 잘 알고 있다.

"장난치지 말고."

"장난이 아닙니다."

살짝 화가 치밀어 오르는군.

"네가 화가 난 이유를 말해 줘야 나도 어떻게 해 볼 거 아니야. 지금처럼 화만 내서 뭘 어떻게 하자는 거냐."

"그렇다면 한 가지 묻겠습니다."

세희가 말했다.

"주인님께서는 작금의 상황에 화가 나시지 않습니까?"

"응?"

"주인님께서는 요괴의 왕입니다. 호구의 왕이 아닙니다. 주인님을 이용해 이득을 챙기려고 하는 인간들의 더러운 술수가 판을 치고 있는데, 당사자인 주인님께서는 화가 나지 않으시는 겁니까?"

아…….

나는 그제야 세희가 지금 화가 나 있는 이유를 알 것 같았다.

그건 내가 부끄러워서 말하지 못했던 세희의 내면과 관계가 있는 일이었다.

이 녀석, 지금 나를 걱정해 주고 있다.

"아닙니다."

세희가 빠르게 부정했다.

"주인님의 자각 없음이 한심해서 드리는 말씀입니다."

이미 내 안의 화는 눈 녹듯 사라진 지 오래다.

"하지만 이번 일로 이쪽도 이득을 보게 되잖아."

세희가 말했다.

"위험을 감수할 만한 이득은 아닙니다."

"위험이라고?"

"주인님께서는 혹시 트로이의 목마라고 아십니까?"

아무리 나라고 해도 그 정도는 알고 있다.

"알지. 그거 애들이 타고 노는 목마잖아. 어렸을 때 많이 타 봤……."

농담 좀 했다고 세상에서 가장 더러운 것을 보는 눈으로 보지 마라.

"크흠!"

나는 헛기침으로 분위기를 환기시키고서 말했다.

"에레나가 트로이의 목마라는 거야?"

"주인님의 첩이 되는 것은 단순한 명분. 인간들은 그 인간을 이용해 요괴의 왕인 주인님의 대업에 간섭하고, 또한 이용할 수 있는 구실을 만들 생각인 겁니다."

세희가 안경을 고쳐 쓰며 말했다.

"그것이 그 인간이 말하지 않은 진정한 이득인 것이지요."

"……그건 너무 간 거 아닐까."

세희의 말이 틀렸다는 게 아니다. 이 녀석은 나보다 훨씬 머리가 좋고 생각도 깊으니까.

하지만 아무리 생각해도 내가 에레나에게 휘둘러서 일을 그르칠 것 같은 미래는 떠오르지 않거든.

랑이면 모를까.

그런 내게 세희가 말했다.

"괜히 경국지색이라는 말이 나온 것이 아닙니다."

"그건 랑이한테나 어울릴 말이지."

"그건 그렇습니다만."

나와 세희는 손바닥을 마주쳤다.

"하지만 주인님. 주인님께서 그 인간을 마음에 들어 하지 않는다 해도, 주인님은 자신의 성격을 조금 더 인지할 필요가 있습니다."

"내가 뭐."

"주인님께서는 당신과 연이 닿은 이가 도움을 요청할 때 무시할 수 있는 분이십니까?"

그쪽으로는 입이 열 개라도 할 말이 없군.

"거대한 호랑이의 모습으로 있으셨던 안주인님께서 우는 것 같다는 이유만으로 손을 내민 분이 주인님이십니다. 나래 님과의 일로 인해 일어난 혼란이 언제 가라앉을지 모르는 일입니다. 주인님께서는 그 인간의 거주를 허락한 뒤, 그 시간 동안 어떠한 인연도 쌓지 않을 자신이 있으십니까? 그것도 스스로 주인님의 사랑을 쟁취하겠다고 다짐한 소녀와?"

없다.

"그렇기 때문에 지금이라도 당장 그 인간을 내쫓는 것을 청하는 바입니다."

하지만 그렇다 한들 세희의 말은 들어주기 힘들다.

"……내가 한 말이 있으니까 그럴 수가 없잖아. 상황도 상황이고."

에레나는 말했다.

자신의 말에 책임을 지는 것이 왕이 가져야 할 기본 덕목이라고.

나도 그렇게 생각한다. 사실 왕까지 갈 필요도 없다.

그렇지 못한다면 지금까지 나와 아이들 사이에 있었던 모든 일, 모든 약속이 무의미해지기 때문에.

나는 나 자신의 말에 책임을 져야 한다.

그래서 나는 세희에게 말했다.

"만약 내가 에레나와 파혼하고 그 녀석을 내쫓기 위해서는 그럴 만한 이유, 그리고 그 후의 대처법이 있어야 한다고."

"……하아."

세희가 과장되게 한숨을 쉬었다.

"평소에는 그렇게 발상의 전환에 능하시면서 왜 이럴 때는 그렇지 못하신 겁니까. 주인님의 무의식은 어린 여자를 한 명이라도 더 많이 곁에 두고 싶어 하기 때문입니까?"

그런 무의식은 필요 없다!

"그러면 무슨 좋은 방법이라도 있어?"

세희가 고개를 끄덕였다.

"먼저, 나래 님 말씀대로 스스로 약혼을 깨고 이곳에서 나가도록 하면 됩니다. 그 후의 일은……."

세희가 말을 멈춘 건, 평소 이 녀석이 내게 자주 보여 주는 시선을 내가 흉내 냈기 때문일 것이다.

"뭡니까."

"에레나가 잘도 그러겠다."

나라고 그 방법을 생각 못 한 건 아니다. 하지만 에레나와 이야기를 나누었을 때 깨달았지만. 그 녀석은 성격이 조금 다혈질이지만 속내는 어른스러운 면이 있다. 자신이 속한 집단을 위해서 좋아하지도 않는 사람하고 약혼을 결심할 정도니까.

무엇보다 나를 사랑하고, 자신을 사랑하게 만들겠다고 했을 때 내게 향한 시선은 그때의 랑이가 떠오를 정도였다.

그런 애가 스스로 집에 돌아가게 만들려면 내가 도대체 무슨 일을 해야 하는데?

"거기다 아까 말했듯이, 대처법도 없이 지금 그 녀석과의 약혼을 깨고 돌려보내면 그건 그거대로 문제잖아?"

어머니께서 나와 에레나의 약혼을 추진하신 이유는 다 알고 있을 테니까 넘어가고.

이 약혼을 깨게 되면 그를 대신할 수 있는 방법을 준비해야 한다. 그렇지 않으면 분노한 어머니의 철퇴가 내 삶의 의욕을 죽여 버릴 테니까.

또한 에인헤랴르도 문제다. 에인헤랴르는 유럽에서 어느 정도 영향력이 있는 조직인 것 같다. 그런데 이쪽 사정 때문에 일방적으로 약혼을 깨뜨리면 그쪽에서 요괴의 왕. 더 나아가 요괴 전반에 대한 반감으로 발전해도 이상하지 않다.

그렇게 내 생각을 전하자 세희가 걱정스러워하는 눈치로

나를 보며 말했다.

"달콤한 케이크라도 드시겠습니까?"

"……갑자기 무슨 소리야?"

"요즘 들어 주인님께서 뇌를 쓰고 계시는 것 같아서 말이죠. 뇌를 사용하는 데 당분은 필수 불가결한 요소입니다."

아! 그래! 필요하다!

부글부글 끓는 속을 열심히 삭이고 있는 와중에 세희가 말했다.

"주인님의 짜증 나는 눈빛 때문에 말을 끊었지만, 사실 그에 대한 대책을 제가 마련할 생각이었다고 말씀드릴 예정이었습니다."

"……응?"

나는 내 귀를 의심했다.

"너, 지금 뭐라고 했냐?"

문제가 일어나면 언제나 두루뭉술한 힌트만 던져 놓고 내가 고생하는 꼴을 보며 팝콘을 먹으면서 즐기다 못해, 마지막에는 내가 했던 바보짓을 언급하며 배를 잡고 웃는 녀석이?

"케이크는 필요 없으시겠군요."

"네 평소 모습하고 너무 동떨어져 있으니까 그러는 거잖아."

"이번 일에는 제게도 책임이 있으니까 말이죠."

세희의 얼굴에 살짝 그늘이 내려앉았다.

"너한테? 무슨 잘못이라도 했어?"

"새언니를 조금 얕보았습니다."

어머니를?

대단하네.

"자신의 꿈을 이루기 위해 하나뿐인 자식을 두 번이나 팔아먹을 가능성은 낮을 거라고 생각했으니까 말이죠."

나는 울컥해서 말했다.

"야, 날 랑이하고 약혼시킨 걸 그딴 식으로 말하지 마. 화나니까."

세희가 한 발자국 내게서 멀어지며 말했다.

"……화를 내는 이유가 조금 이상하다고 생각하지 않습니까?"

"……그러고 보니 그러네."

나는 얼마나 랑이에게 푹 빠져 있는 거야?

하지만 다른 쪽을 떠올릴 수 없었던 건 어쩔 수 없는 일이었다.

나는 어머니가 어떤 분이신지 잘 알고 있으니까.

"어찌되었건, 작금에 처한 문제는 제가 상황을 잘못 판단했기에 일어난 일이기도 합니다. 그렇다면 스스로 그 실수를 바로잡고 싶은 것이 당연한 일 아니겠습니까?"

거짓말은 아닌 것 같다. 논리에 이상한 부분도 없고.

하지만 왜 이렇게 불안하지? 세희가 적극적으로 나서 준 건 처음이라서 그런가?

"뭐, 그러면 내가 에레나 스스로 파혼하고 돌아가게 만들거나, 에레나와 파혼을 할 수 있을 만한 이유를 만들면 뒷일은 네가 책임진다는 거지?"

"그렇습니다."

흐음…….

세희의 제안은 나쁘지 않다. 나래와 아야는 에레나가 온 걸 마음에 들어 하고 있지 않으니까. 겨우겨우 되찾은 가정의 평화를 망가뜨리고 싶지는 않아.

그리고…….

스스로 한 선택이라고는 하지만 자신의 감정과 미래를 희생하려는 어린애를 모르는 척하고 싶지는 않다. 지금이야 원망을 사겠지만, 나이가 들고 뒤를 돌아보게 되면 차라리 잘됐다고 생각해 주겠지.

"좋아."

물론 문제는 여전히 남아 있지만.

"그러면 어떻게 에레나가 제 발로 나가게 만드는 게 좋을까? 혹시 좋은 방법 알고 있냐?"

아무런 기대도 하지 않은 질문에 세희가 답했다.

"옛날처럼 하시면 됩니다."

"……응?"

"주인님께서 인간이 아니라 한 마리의 흉포한 야수였을 때 하셨던 일을 그대로 하시면 될 것입니다."

한 마리의 흉포한 야수였을 때=유치원 때.

흐음…….

내가 그때의 성격이라면 에레나에게 어떻게 할까.

일단 에레나의 검과 방패를 랑이를 시켜서 산산조각 내고, 갑옷 안에다 순간접착제를 들이부울 거다. 머리카락에는 실수를 가장해 껌을 붙인 다음에 떼어 주겠다고 말한 뒤 싹둑, 단발로 만들어 버리겠지.

바로 떠오른 것만 해도 이렇다.

나는 격하게 고개를 저었다.

"아니, 안 돼. 절대 안 된다. 내 눈에 흙이 들어가도 안 돼."

그랬다가는 자기 발로 걸어 나가는 수준이 아니라 인권 문제로 이어진다. 그 정도로 끝나면 다행이지. 죄책감에 시달리는 나를 보며 랑이도 걱정할 거다.

무엇보다.

"나래 앞에서 그런 짓을 다시 할 수는 없어."

"퉷."

내 진심에 세희는 방바닥에 침을 뱉었다.

자기가 바로 닦긴 했지만……. 너무하네, 진짜!

"그러면 다른 방법이라도 있으십니까?"

나는 잠깐 생각을 했고, 떠오른 옛 기억에 기반해서 세희에게 제안했다.

"그건 어떠냐?"

"지시 대명사로 말씀하셔도 저는 알 수 없습니다."

나는 지시 대명사가 뭔지는 이해 못 했지만, 세희가 하고 싶어 하는 말이 뭔지는 이해했다.

"왜, 옛날에 정미 누나가 했던 말 있잖아."

"……."

세희가 먼 산을 바라보며 생각에 잠겼다.

"그러고 보니…… 정미라는 전 곰의 일족 수장이 있었지요……."

왜 과거형이냐. 정미 누나는 곰의 일족 수장을 그만둔 뒤에 남쪽 바닷가에서 한창 해수욕을 즐기는 중이라고 나래에게 들었는데, 불길하게시리.

뭐, 세희가 장난치는 걸 테니 할 말이나 하자.

"어쨌든 내가 애들한테 하는 스킨십이 다른 사람들이 볼 때는 도를 넘어서는 수준이라고 했잖아."

"잠시만 기다려 주시기 바랍니다."

세희가 소매에서 책을 꺼냈다. 이제는 제목으로 딴죽 걸기도 귀찮은 나와 호랑이님이라는 책 3권이다. 책의 초반부를 펼친 세희가 내게 말했다.

"다른 사람들이 보기에는 알콩달콩하다, 라고 나와 있지, 도를 넘어섰다고 하지는 않으셨습니다."

"그, 그랬냐."

세희가 책을 소매 안에 집어넣고는 차가운 손바닥으로 내 이마를 만지며 말했다.

"주인님, 괜찮으십니까? 벌써 치매가 오시면 저로서도 곤란합니다."

나는 세희의 손을 쳐 내며 말했다.

"헷갈릴 수도 있지! 언제 적 일인데?! 어쨌든 요는 그거다!"

세희가 기분 나쁜 손가락 운동을 하며 말해다.

"정정당당하게 치한 행위를 하시겠다는 말씀이시군요."

"……꼭 그렇게 말할 건 없잖아."

세희가 한쪽 무릎을 꿇으며 내게 고개를 숙였다.

"이 강세희, 주인님께서 날이 갈수록 욕망에 솔직해져 가는 모습에 감복했습니다."

"일어나."

세희가 어깨를 으쓱하면서 자리에서 일어났다.

"어쨌든 내 말은, 보통 그런 일을 당하면 평범한 여자애라면 싫어하는 게 당연하잖아."

세희가 고개를 끄덕였다.

"거기서 말하는 거지. 나는 약혼녀한테 이런 짓을 하는 사람이다. 이게 싫으면 파혼하고 나가든가, 아니면 가만히 있으라고."

세희가 박수를 쳤다.

"정말 인간쓰레기 같은 발상이십니다. 어디의 19금 능욕계 어둠의 게임에 나오는 주인공입니까?"

"누군 하고 싶어서 하는 줄 아냐?! 나도 그런 짓 하기 싫어!"

"……."

"진짜라니까!"

세희가 새끼손가락으로 귀를 파며 말했다.

"아, 예. 그렇습니까? 그러면 믿어 드리겠습니다."

하고 싶은 말이 산더미 같았지만 그보다 먼저 세희가 말했다.

"그보다 주인님께서는 자신의 성욕에…… 실례. 욕망에…… 실례. 망념에 충실한 수가 성공할 거라 진심으로 생각하십니까?"

"아니, 솔직히 자신 없다."

나도 에레나가 마음의 각오를 하고 우리 집에 왔다는 건 안다. 웬만한 일로는 돌아가지 않을 거라는 것도 알아.

하지만…….

이 방법밖에 떠오르지 않는다.

아이들의 상처를 건드리지 않기 위해서는.

"그래도 해 볼 수밖에 없잖아? 생각보다 몸이 먼저 움직인다고. 생리적인 혐오감에 날 때릴 수도 있는 일 아니겠어? 그러면 그걸 트집 잡아서 돌려보낼 수 있지 않을까?"

세희가 한숨을 쉬었다.

한숨의 속뜻에 대해 생각해 보려는 때, 세희가 말했다.

"그렇다면 한 가지 부탁드리고 싶은 게 있습니다, 주인님."

……불길하게 왜 그런대.

"뭔데?"

세희가 말했다.

"주인님께서 실패할 경우를 대비하기 위해, 제가 작은 준비를 하는 것을 허락해 주시기 바랍니다."

나는 의심에 가득 찬 눈으로 세희를 바라보았다.

세희가 고개를 옆으로 기울이며 눈꺼풀을 깜빡거렸다.

내가 하면 욕먹을 짓이지만 미인이 하니 할 말이 없군.

세희의 이미지와 어울리지는 않지만.

"……나쁜 짓 아니지?"

"안주인님, 그리고 덤으로 주인님의 행복을 위해 하는 일이 그릇될 리 없지 않습니까?"

이 녀석, 말 돌리고 있다.

"아니, 대답이나 해. 나쁜 짓인지 아닌지."

세희가 빙긋, 하지만 싸늘함이 느껴지는 미소를 지었다.

"제가 아니라고 대답한다면, 믿으시겠습니까?"

나는 즉답했다.

"그래."

"제가 그렇다고 대답한다면, 믿으시겠습니까?"

나는 즉답했다.

"그래."

세희가 미소를 지웠다.

"그렇다면 질문의 의미가 없지 않습니까?"

"아니, 있어."

네가 내 질문에 대답했다는 의미가.

잠시 무엇인가를 생각하는 눈치였던 세희가 입을 열었다.

"알겠습니다, 주인님. 주인님께서 생각하시기에 그릇되다 여길 만한 일은 하지 않겠습니다."

그제야 나는 고개를 끄덕일 수 있었다.

"그러면 괜찮아."

그 말과 함께 숨을 내뱉고 나서야 깨달았다. 지금까지 이 방 안에 묘한 긴장감 같은 것이 감돌고 있었다는 것을.

그 정체를 깨닫기 전, 세희가 말했다.

"그러면 지금부터 계획을 빙자해 자신의 성욕을 채우실 주 인님께 드릴 것이 있습니다."

세희가 소매에 손을 집어넣었다.

나는 세희의 손목을 잡았다. 이 녀석의 소매에서 정상적인 물건이 나온 건 손에 꼽을 정도밖에 없으니까.

"괜찮아. 내가 알아서 할 테니까."

세희가 눈웃음을 치며 말했다.

"정말이십니까?"

나는 고개를 끄덕였다.

"……일단 알아서 해 볼게."

그런데 왜 내 목소리에 힘이 없을까.

"너는 아이들한테 이야기 좀 대신해 줘."

"알겠습니다. 그럼 저는 잠시 실례하겠습니다."

세희의 시선이 내 뒤를 향했다.

"그동안 업무라도 하면서 기다려 주시지요."

세희가 스르륵 방에서 나간 뒤.

"하아……."

속 깊은 곳에서 한숨이 나왔다.

정말 바람 잘 날이 없구나.

……일을 안 할 날도 없고.

처리해야 할 서류가 평소보다 많았기에 일하는 시간이 더 길어지고 말았다. 그럼에도 결국 일을 끝내지 못한 나는 세희에게 무능, 무력, 무식한 놈이라는 이야기를 듣고 나서야 방에서 나올 수 있었다는 거지.

"끝났는가."

그리고 나는 방문 앞에서 조신하게 앉아 있는 에레나를 볼 수 있었다. 외국인이라고 볼 수 없을 만큼 완벽한 자세다.

아니, 그게 문제가 아니지.

"너 옷은 그게 뭐냐?"

"이상한가?"

이상하다면 이상하다.

에레나가 입고 있는 옷은 색색들이 한복이었으니까. 그것도 꼭 드라마를 보면 이제 막 결혼한 새댁이 시댁에 갈 때 입을 법한 그런 한복 말이야.

"이상한 것이다. 드라마에서는 이런 옷을 입은 거로 기억해서 가지고 온 것인데."

아, 역시 그거였냐.

"이상한 건 네 머리다. 그런 옷을 누가, 무슨 상황에서 입는지 알고는 있냐?"

"혼례를 치르지는 아니하였으나, 이미 나는 너와 약혼을 한 것이다. 그렇다면 충분히 입을 만한 상황이 아닌가?"

……듣고 보니 그러네?

에레나를 돌려보내야 한다는 생각에 나도 모르게 까칠하게 반응해 버린 것 같다. 아무리 그래도 이래서는 안 되겠지.

한류 시대에 외국인에게 친절해야 하지 않겠는가!

"아니, 응. 맞다."

내 대답에 에레나는 가볍게 고개를 끄덕이고서 말했다.

"다행이다. 잘못 알아 왔는지 알고 걱정한 것이다."

거짓말은 아닌지 에레나의 표정이 살짝 풀어졌다. 그 모습은 영락없는 어린아이 같아서 나는 조금 놀랐다.

아무리 봐도 어린아이 맞지만.

"……왜 그러는 것인가?"

너무 빤히 보고 있었다. 말을 돌리자.

"아니, 왜 여기서 기다리고 있었나 해서."

"이상한 것인가?"

'그래.'라고 말하기 전.

에레나가 살짝 고개를 돌리며 볼을 붉히면서 입을 열었다.

"약혼자에게 자신의 새 옷을 가장 먼저 보여 주고 싶은 것이?"

귀엽네. 응, 귀여워.

하지만 나는 안방에서 에레나가 했던 말을 기억하고 있다.

그런 이상, 그 말을 온전히 받아들일 수 없다.

"공부 많이 했나 보네."

"무슨 말인가?"

"아니, 어떻게 하면 사람을 기쁘게 만드는지 아는 것 같아서."

에레나의 눈동자가 동그래진 것도 잠시. 이내 눈살을 찌푸리며 화를 냈다.

"그게 무슨 말인가?! 나는 진심으로 한 말인 것이다!"

"나를 반하게 만들기 위해서?"

"그런 의도가 없다고는 하지 않겠다! 하지만 그렇다 한들 내 진심이 거짓이 되는 건 아닌 것이다! 사과하는 것이다!"

씩씩거리며 올려다보는 진지한 눈에 나는 두 손을 들 수밖에 없었다.

"……그러냐. 미안. 내가 말이 심했네."

"그러면 괜찮은 것이다."

화가 풀린 것 같다.

성격이 조금 다혈질인 것 같지만 적어도 뒤끝은 없는 것 같군.

……내 생각에 확신이 들려면 확인해 봐야 할 일이 있지만.

"그래서 어떠한 것인가?"

에레나의 질문에 나는 사고를 되돌렸다.

"응? 뭐가?"

에레나가 고개를 숙이고 입술을 삐쭉 내민 뒤, 제자리에서 한 바퀴 빙글 돌았다. 붉은 치마가 둥실 떠오르며 하얀 버선 발이 드러난다.

치마가 다시 내려왔을 때, 에레나가 말했다.

"……이런 질문의 의도는 정해져 있지 않은가."

그건가.

나는 이리저리 주의 깊게 살펴본 뒤 솔직하게 말했다.

"안 어울려."

에레나가 굳었다.

"일단 넌 금발인 데다가 주근깨도 있고, 입고 있던 갑옷 때문에 이미지가 확실하게 잡혀 버려서 위화감밖에 들지 않는다."

"……."

그리고 내 대답을 들은 에레나는 눈을 휘둥그레 뜬 채로 나를 올려다보며 핫바도 안 들어갈 것 같은 작은 입술을 뻐끔 거리고 있다.

"왜."

이제야 에레나가 충격에서 벗어났다.

"그렇게 말하는 건 너무하지 않은가?! 그럴 때는 빈말이라도 예쁘다는 말을 듣고 싶은 것이다!"

안 어울린다는 말에 어지간히 화가 났는지 귀까지 새빨개졌다.

"아, 난 빈말은 싫어해서."

내가 지금까지 말 때문에 얼마나 고생했는데.

"거기다 너는 갑옷 쪽이 더 어울리는 것 같아서 말이다."

"그건 말 그대로 갑옷이다. 전쟁터도 아닌데 갑옷을 입고 생활할까!"

아, 그건 그렇지.

"한복도 불편하지 않냐?"

에레나가 시선을 피하며 대답했다.

"……갑옷보다는 나은 것이다."

"불편하긴 하단 말이군."

갑자기 랑이를 처음 봤을 때가 생각나는군. 랑이도 옷 입는 걸 싫어해서 곤란했었지.

지금도 싫어하는 눈치지만.

"다른 옷은 없냐?"

에레나가 고개를 끄덕였다.

"한복밖에 안 가져 왔어?"

"……당연히 예쁘다고 해 줄 거라 생각했단 말이다."

한복만 가져왔다는 말이다.

"입어 봤으면 안 어울린다는 것 정도는 알 수 있잖아."

에레나가 부들부들 떨었다.

응? 잠깐만. 설마?

"……어울린다고 생각했냐?"

에레나가 대답하지 못하고 고개를 푹 숙였다.

우, 우와. 나 지금 엄청 나쁜 놈 같아.

"그, 그래. 어울린다, 어울려. 사실 어울린다고 나도 생각했어. 하, 하하, 하하하하."

에레나가 고개를 들었다. 오기가 가득하면서 눈물이 그렁그렁 맺힌 눈으로 나를 노려보며 말했다.

"그걸 지금 나보고 믿으라는 건가?"

그 모습을 보니 장난기가 솟았다.

"아니? 그냥 위로였는데?"

"으…… 으윽……!"

에레나가 주먹을 꽉 쥐었지만 어디로 향하지는 않았다. 대신 조금 전이 휴대폰의 진동 정도였다면, 지금은 오래된 세탁기의 진동 정도로 진화했다.

놀리는 건 그만할까.

"아, 잠깐 기다리고 있어 봐."

나는 에레나의 대답을 듣지 않고 다시 방으로 들어갔다.

방 안에서는 내가 손본 서류를 정리하고 있던 세희가 있었다.

세희가 나를 보고는 한쪽 입꼬리를 쓰윽 올리며 말했다.

"세 살 버릇 여든까지 간다와 제 버릇 개 못 준다. 어느 쪽이 더 마음에 드십니까?"

괴롭히려던 게 아니라고.

"어느 쪽도 싫다. 그보다 그런 말을 하는 거면 내가 왜 다시 돌아왔는지 알고 있는 거 맞지?"

"주인님께서 구름만 타실 수 있으시다면 이 상황에 딱 맞는 속담 하나를 말씀드릴 수 있겠군요."

"⋯⋯갑자기 웬 뜬구름 잡는 소리냐."

"이해 못 하셨습니까?"

세희가 손바닥이 보이도록 손을 내미는 걸 보고 나서야 나는 이 녀석이 무슨 말을 했는지 알 수 있었다.

뛰어 봤자 세희 님 손바닥 안이라 이거지.

"됐으니까, 알고 있으면 내놔."

세희가 어깨를 으쓱거리며 말했다.

"그래서 조금 전에 드리겠다고 하지 않았습니까."

아무리 나라도 이건 놀랐다.

"이렇게 될 줄 알고 있었어?"

"그 질문에 의미가 있다고는 생각하지 않습니다. 하지만 주인님의 판단을 믿어 보도록 하지요."

무슨 소리인지는 모르겠지만 세희가 예상했었다는 건 우주의 도움을 통해 알겠다. 하지만 지금 그런 사소한 것에 신경 쓸 때가 아니지. 밖에서 에레나가 기다리고 있으니까.

"여기 있습니다."

세희도 그렇게 생각했는지 소매에서 어떻게 봐도 천 쪼가리로 보이는 것을 내게 건네줬다.

나는 세희를 바라보았다.

"이건 뭐냐."

"발키리 하면 비키니 아머 아니겠습니까."

아니, 그건 나도 세현이 보여 줬던 이름을 말할 수 없는 만화를 통해 알고는 있지만.

"이게 어딜 봐서 비키니 아머야?"

그렇다. 비키니 아머란 이런 것이 아니다. 비키니 아머란, 비키니를 기본으로 삼고 팔이나 무릎 같은 곳에 갑주가 있어야 하니까. 이런 단순한 수영복 같은 게 아니란 말이야!

세희, 넌 지금 비키니 아머를 모독한 거다!

그런 생각을 하고 있는 나를 세희는 하루살이가 꼬이기 시작한 포도 껍질을 보는 눈으로 바라보았다.

"……그게 문젭니까."

아차.

"아니, 아니. 그게 아니라. 그래도 에레나한테 이런 걸 갈아입으라고 주라고? 다른 걸로 줘."

"알겠습니다."

세희가 끈으로 이어진 조개껍데기 세 개를 꺼냈다.

조개껍데기가 하늘을 날았다.

"장난치지 말고."

"그러면 무슨 옷을 준비해 드립니까?"

"……그냥 평범한 아동복이면 되잖아."

"공주님이 입을 법한 드레스는 어떠십니까?"

세희가 보기에도 불편한 펑퍼짐한 드레스를 꺼냈다. 아, 나 저런 거 봤어. 마리 앙투…… 앙투아네트가 입었던 드레스하고 비슷해.

"평범한 거로 부탁한다."

"평범한 옷에는 관심이 없습니다."

"……너한테 부탁한 내가 잘못이지."

세희가 눈쌀을 찌푸리며 말했다.

"그러는 주인님이야 말로 에레나의 환심을 사서 뭘 하시려는 겁니까?"

세희의 지적에 나는 정신이 퍼뜩 들었다.

"……아."

에레나에게 도를 넘는 애정 행위를 함으로써 스스로 돌아가게 만들거나, 트집을 잡을 만한 행동을 하게 만든다는 계획이었지!

왜 난 그걸 까맣게 잊어 버렸지?

"그야 주인님께서 태생부터 로리콘이시기 때문입니다."

아, 아니야!

"그냥 습관이다, 습관! 애들하고 있다 보니 돌봐 주는 게 몸에 배서 그런 거야!"

"습관적으로 어린 여자애의 편의를 봐줘 호의를 사려고 하는 주인님. 그래서 어찌하실 생각이십니까."

아이고, 위야.

"……그래도 한 말이 있으니까 빈손으로 나갈 수는 없잖아."

"이것이 무능력한 남자의 허세라는 겁니까."

에레나가 빨리 나가 주지 않으면 세희의 독설에 내가 화병으로 죽을 것 같다.

"책임이라고 생각해 주라."

"그렇다면 봐 드리겠습니다."

그리고 세희는 소매에서 제대로 된 옷을 꺼내 주었다.

"그건 무엇인가?"

방문 앞에서 기다리고 있던 에레나는 내가 들고 나온 옷가지에 관심을 보였다.

"뭐긴 뭐야. 네가 갈아입을 옷이지."

에레나가 살짝 놀란 기색을 보였다.

"그걸 가지러 간 것이었는가?"

"뭐, 그렇지. 한복이 어울리긴 하지만 입고 다니기에는 불편하잖아?"

"……처음에 한 말과는 다르지 않은가."

찌릿 하고 노려본다.

나는 얼굴에 철판을 깔았다.

"마지막에는 어울린다고 했잖아. 우리나라에는 이런 말이 있다고. 끝이 좋으면 다 좋은 거다. 즉, 마지막에 한 말이 가장 중요하다, 라는 거지."

"그게 그런 뜻이었나? 아니었던 같은데……."

고개를 갸웃거리며 긴가민가하는 외국인 소녀에게 나는 사기를 치기로 했다.

"너, 나보다 한국어 잘 아냐?"

"……알겠다. 그러면 갈아입고 오는 것이다."

"그래."

에레나는 내 대답을 듣고서야 마루 아래로 내려가 꽃신을 신고서 사랑방으로 향했다.

에레나가 옷을 갈아입으러 간 사이 나는 안방으로 향했다.

안방에 들어가자 가장 먼저 내 시선에 들어온 랑이는 엎드려 누워서 크레파스로 그림책을 색칠하고 있었다. 당연한 거지만 랑이의 옆에는 냥이가 앉아서 그 모습을 흐뭇하게 바라보고 있고.

색칠 놀이라…… 옛날 생각이 나는군.

다른 애들이 예쁘게 칠한 그림에 검은색으로 덧칠을 하며 '이 아름다운 세상은 결국 어둠에 잠기게 될 것이다, 우하하하!!'라고 아버지한테 배운 뜻도 모르는 말을 외치고 다닌 옛날이 말이지.

끔찍한 기억이다.

나는 기억에서 벗어나기 위해 시선을 돌렸다.

아야가 벽에 등을 기대고 앉아서 심각한 표정으로 공책에 뭔가를 적고 있는 모습과, 자신의 품에 안겨 낮잠을 자고 있는 성린을 모성이 가득한 표정으로 바라보고 있는 성의 누나가 보였다.

"응?"

그사이 색칠 놀이에 정신이 팔려 있던 랑이가 가장 먼저 내가 들어왔다는 걸 깨달은 것 같다. 귀를 쫑긋거리고서는 고개를 번쩍 들어 이쪽을 바라보았으니까.

"성…… 읍!"

랑이가 환한 미소와 함께 벌떡 일어나서 내 이름을 외치려다가 자신의 입을 두 손으로 막았다. 그러고서는 조심스럽게 성의 누나, 정확하게는 쿨쿨 잠들어 있는 성린을 바라보며 검지를 입에 대고는 "쉬잇." 소리를 낸다.

아, 성린이가 잠들어 있는 걸 신경 써 준 거구나.

성의 누나도 랑이의 마음 씀씀이가 고마웠는지 가볍게 고개를 숙였다. 랑이가 꼬리를 살랑살랑 흔들며 흐뭇한 표정을 지은 채 허리를 펴고 턱을 들었다.

그래그래. 착하다, 착해. 지금까지 쌓인 정신적인 피로가 싹 사라지는구나.

나는 좀 더 정신적인 안정을 얻기 위해 랑이를 손짓으로 불렀다. 랑이는 발자국 소리도 안 내며 다가와서는 몸을 이리, 저리 기울이며 환한 미소로 나를 올려다보았다. 그 모습이 마치 사육사에게 간식 달라고 조르는 아기 호랑이처럼 보였다.

그래서 머리를 쓰다듬어 줬다.

"헤헤헤헤……."

랑이가 행복한지 귀를 쫑긋거리며 눈을 가늘게 뜬다. 나라고 다를 게 없다.

"……쯧."

이쪽을 철천지원수처럼 바라보며 혀를 차는 냥이만 없었다면 말이지.

너 인마. 내가 일하고 있는 동안 랑이하고 놀고 있었잖아. 그거로 모자라는 거냐?

잠시 냥이와 눈싸움을 하고 있는 사이, 랑이는 내 뒤를 기웃거리며 누군가를 찾는 눈치다.

"왜 그래?"

랑이가 머리카락으로 물음표를 만들며 말했다.

"성훈아, 에레나는 같이 안 왔느냐?"

나는 랑이의 목소리에 다시 현실로 돌아왔다.

"옷 갈아입으러 갔어."

"응?"

랑이가 머리카락으로 물음표를 만들며 말했다.

"왜 옷을 갈아입느냐? 정말 잘 어울렸는데 말이니라."

사람마다 심미안은 차이가 있다.

"그걸 입고 있기에는 불편해 보여서 갈아입으라고 했어."

"아…… 그러하구나."

랑이가 고개를 끄덕였다. 하지만 어딘가 석연치 않은 표정
이다.

"왜 그래?"

랑이가 우물쭈물 내 눈치를 살피다가 말했다.

"그게 말이니라. 에레나는 다른 나라 사람이 아니느냐? 머
리도 노랗고, 눈도 파랗고 말이니라."

……일단 아야도 머리가 노랗긴 하지만, 사람은 아니니까.

"그렇다면 분명 한복이 낯설고 입는 데도 불편했을 것이니라."

"그렇겠지."

지금 생각해 보니 도와주는 사람 없이 혼자서 한복을 입었
다는 게 신기하네. 이런 말을 하면 부끄럽지만, 나도 한복을
제대로 입을 줄 모르거든.

자기 자신의 멍청함에 반성하고 있을 때, 랑이가 말했다.

"그런데 에레나는 성훈이를 위해 한복을 입은 것 아니느

냐? 성훈이가 한국인이니까, 거기에 맞춰 주기 위해서 말이니라."

랑이는 흐뭇한 표정으로 고개를 끄덕이며 말을 이었다.

"나는 에레나의 그 마음가짐이 정말 마음에 들었느니라. 응, 응. 성훈이의 첩이 되려면 그 정도는 되어야 하느니라."

……정작 나는 파혼할 생각이지만.

그런 생각을 하는 내 눈치를 살피며 랑이가 조용히 나를 불렀다.

"……성훈아."

"응?"

"세희에게 이야기 들었느니라."

에레나를 돌려보내는 것에 대한 이야기였겠지.

"그것이 성훈이의 선택이라면 나는 말리지 않을 것이니라."

나는 대답 대신 랑이의 머리를 쓰다듬었다.

랑이가 말했다.

"하지만 성훈아. 정말 그것으로 좋은 것이느냐?"

"……왜?"

랑이가 고개를 들어 나를 올려다보며 말했다.

"옷깃만 스쳐도 인연이라는 말이 있지 않느냐? 혹시나 성훈이가 에레나에 대한 선입관 때문에 먼 이국땅에서 찾아온 인연을 놓치는 게 아닐까 걱정돼서 그러느니라."

나는 놀란 눈으로 랑이를 내려다보았다. 손바닥에서 랑이의 머리카락이 솟아오르는 감촉이 느껴졌다.

"응? 왜 그러느냐?"

나는 사실대로 말했다.

"아니, 옷깃만 스쳐도 인연이라든가, 선입관이라든가. 랑이가 그런 말도 알고 있었나 싶어서 놀랐거든."

볼이 부풀어 오른 랑이가 고개를 휙 돌리며 말했다.

"나, 나도…… 아."

조금 목소리가 높아졌다고 생각했는지 두 손으로 입을 막고는 고개를 돌렸다.

"으……음."

성린이 몸을 뒤척였다. 성의 누나가 곤란한 미소를 살며시 짓자 랑이가 고개를 끄덕이고는 나를 보며 한결 작아진 목소리로 말했다.

"열심히 공부하고 있느니라. 우리 지아비께 부끄럽지 않게. 가끔은 졸기도 하지만. 그, 그래도 말이니라. 하긴 한단 말이니라."

"그래그래. 기특하네."

안 그래도 통통한 랑이의 볼을 두 손으로 문질러서 바람을 빼 줬다.

"으냐아~"

나는 랑이의 볼이 말랑말랑해서 기분 좋고, 랑이는 나와의 스킨십이 기분 좋고. 이런 게 바로 상부상조라는 거 아닐까.

"랑이가 생각하는 건 알았어. 나도 잘 생각해 볼게."

"응, 나는 성훈이를 믿으니까 말이니라."

요, 요, 기특한 거 보소.

나는 랑이를 두 팔로 들어 안고는 둥개둥개해 줬다.

그건 그렇고…….

랑이가 그렇게 생각하는 줄은 몰랐다. 아마도 자신과 에레나를 겹쳐 보고 있는 게 아닐까 싶다.

하지만 랑이와 에레나는 중요한 부분이 다르다.

선택한 랑이.
강요당한 에레나.

그 둘은 얼핏 비슷해 보일지 몰라도 중요한 차이가 있다. 그렇기에 나는 이 약혼을 깰 생각이다.

주변의 사정에 의해 아이들이 마음대로 휘둘리고 희생당하는 건…… 두 번 다시 보고 싶지 않다고.

아, 그래서 말인데.

"……크으응."

지금 우리 집 애들 중에서도 그런 아이가 한 명 있는 것 같다.

벽에 등을 기대고서 지금도 심각한 표정으로 뭔가 열심히 적고 있는 아야 말이야.

In 서울을 노리는 선배들의 수능 당일 표정이 왜 아야에 게서 보이는 거지?

"응?"

내가 아야를 걱정스럽게 보고 있는 걸 눈치챈 랑이가 힘이 빠진 목소리로 말했다.

"세희에게 이야기를 듣고는 지금까지 저러고 있느니라. 걱정돼서 말을 걸까 싶었지만 그럴 수 없었느니라."

아, 이해된다.

뭔가를 적고, 고개를 가로젓고, 줄을 죽죽 긋고, 두 손으로 머리를 헝클이고, 손을 살짝 물고, 핏줄이 선 눈으로 공책을 노려보고, 다시 빠르게 펜을 움직이고, 다시 생각에 잠기고, 줄을 긋는 것을 반복하는 아야의 모습은, '위험. 이 새끼 여우는 현재 신경이 예민해서 말을 거는 사람을 할퀼 겁니다.' 라는 안내문이 필요할 정도였으니까.

"말 걸면 안 될 분위기네."

랑이가 고개를 끄덕였다.

"그래도 걱정되니까 이야기 좀 해 보고 올게."

아야가 지금 뭘 하고 있는지 알 것 같으니까.

"응."

나는 금이야 옥이야 조심스럽게 랑이를 내려놓고 아야에게 다가갔다.

인기척을 느꼈는지 아야가 고개를 들었다가, 바로 다시 숙였다.

그렇다고 물러날 내가 아니다.

나는 슬쩍 아야의 옆에 앉아 슬쩍 말을 걸었다.

"저기, 아……."

"말 걸지 마, 이 무능아."

"야……."

"쿵."

삐쳤다는 티를 팍팍 내며 휙 고개를 돌린다.

덕분에 나는 아야의 눈치를 보지 않고 공책에 적힌 것들을 대충 훑어볼 수 있었다.

내 예상대로 공책에 빼곡히 적힌 것은 에레나를 집에서 내쫓는 방법이었다. 전부 줄이 가 있었지만 몇 가지 말하면…….

에레나가 보는 앞에서 키스하기.
에레나가 보는 앞에서 목욕하기.
에레나가 보는 앞에서 가슴 만져지기.
에레나가 보는 앞에서 ■ ■ ■ ■ ■.

마지막 것은 줄이 심하게 그어져 있어서 잘 안 보인다. 가까이서 보면 보이려나? 나는 혹시나 해서 고개를 슬쩍 들이밀었다.

"키잉?"

내가 글자를 알아보기 전에 아야가 눈치를 채고 공책을 품속에 숨겨서 실패했지만.

아야가 볼을 새빨갛게 물들이면서 내게 말했다.

"뭐, 뭘 보는 거야, 이 관음증아?"

"나는 네가 노출증이 아닌가 걱정이 되는데 말이다."

아야의 귀가 번쩍하고 섰다.

"그, 그런 거 아니야, 이 바보야. 그 애가 자기 발로 나갈 방법을 생각하다 보니까 그런 거지."

글쎄. 이런 일을 해도 에레나가 자기 발로 나갈 것 같지는 않은데. 애초에 나는 TV 생중계 중에 거시기, 그거 있잖아, 그거. 그거를 말하고 실제로 하려 했던 놈이니까.

그러니 아야를 따듯한 눈으로 바라봐 주자.

"그래그래."

아야가 말 그대로 새빨개졌다.

"키이이잉! 애초에 아빠가 제대로 했으면 내가 이런 거 생각할 일도 없었잖아? 왜 딸인 내가 이것저것 고민해야 하는데? 날 책임지겠다고 말한 사람은 누구의 아빤데?!"

입술을 삐죽 내밀고 원망과 애정과 두려움이 뒤섞인 눈동자로 바라보는 아야에게, 나는 당당히 말했다.

"그것도, 나다."

"키이이잉!!"

아야가 언성을 높이며 두 팔을 위아래로 붕붕거렸다.

그리고.

"으…… 응."

성린이 다시 몸을 뒤척거렸다.

화가 난 아야라고 해도 잠든 애를 깨울 생각은 없는지 삐죽 나온 입술을 굳게 닫고는 원망스러운 눈으로 나를 노려보았다.

그 모습이 귀여워서 한 가지 장난을 치고 싶어졌다.

하고 싶으면 해야지.

"에잇~"

나는 슬쩍 아야의 양쪽 소매로 손을 집어넣었다.

"키이잉?"

아야가 깜짝 놀라서 몸을 뒤로 빼려고 했지만, 그곳에는 세희가 지은 단단한 벽이 가로막고 있다. 나는 도망치지 못한 아야가 당황한 사이에 손목을 타고 올라가 팔꿈치를 잡을 수 있었다.

"뭐, 뭐 하는 거야, 이 간지럼쟁이야?"

뭘 하긴 뭘 해. 네가 생각하는 걸 하는 거지.

나는 아야의 팔꿈치를 손가락으로 살살 긁었다. 자기가 할 때는 별 느낌 없지만 다른 사람이 하면 이게 미묘하게 간지러우면서 생전 느껴 본 적 없는 기분이 들지.

출처는 어렸을 때 사촌 여동생들에게 노끈으로 묶인 다음에 같은 일을 당해 본 나.

"키야아…… 읍."

깜짝 놀라 소리를 지르려고 했던 아야가 입을 꽉 다물었다. 그래, 큰 소리를 내면 성린을 깨우니까 말이야.

나는 아야의 귀에 장난기가 가득한 작은 목소리로 속삭였다.

"성린을 깨우고 싶지 않으면 조용히 하는 게 좋을 거야."

"이, 이 나쁜…… 아빠."

아빠이기보다는 완전히 범죄자입니다. 귀신 아빠라고 하는 게 맞지 않을까.

그런 생각을 하며 손을 좀 더 위로 올린다. 아야의 옷은 손목 부분은 넓지만 위로 갈수록 좁아져서 조금 꽉 끼지만…….

그래도 손가락을 움직일 정도는 되었다.

"키흥……."

부드러우면서도 탄력 있는 아야의 팔을 손가락 끝으로 꾹꾹 누르고, 훑고, 손톱을 세워 긁는다. 그럴 때마다 아야는 입에서 자기도 모르게 튀어나오는 소리를 참기 위해 애를 쓴다.

그 모습이 상당히 귀여워서…….

"……."

"……."

어느새 방 안에 들어온 에레나가 옆에서 나를 어이없다는 듯이 보고 있다는 사실을 이제야 깨달았다.

"뭘 하는 건가?"

나는 머쓱해져서 아야의 소매에서 손을 뺐다.

"키잉……."

왠지 모르게 아야가 울음 섞인 소리를 내며 몸을 축 늘어뜨렸다. 피부가 상기되어 있고 눈꺼풀이 파르르르 떨리는 게 보는 사람에 따라 내가 이상한 짓을 했다고 생각할 것 같다.

나는 변명하듯 말했다.

"아야하고 놀아 주고 있었는데."

"……그런가."

전혀 믿지 않는 눈치다.

왜 그러냐. 나는 그냥 간지럼을 태웠을 뿐인데.

그건 그렇고 이상하다. 내가 에레나에게 준 게 저런 옷이었나? 난 분명히 팔랑팔랑한 느낌의 평범한 아동복을 줬을 텐데?

내 시선을 느꼈는지 에레나가 퐁, 볼을 붉히며 조심스럽게 말했다.

"그것보다…… 어떠한가? 어울리는가?"

그러고서 한 바퀴 턴.

곱게 땋인 두 갈래 금빛 머리카락이 흔들리는 것과, 치마가 펄럭거린 순간 살짝 보인 새하얀 팬티가 내 시선을 끌었다.

나는 손으로 이마를 짚으며 말했다.

"그거…… 내가 준 옷 아니지?"

에레나가 고개를 끄덕였다.

"세희가 말했다. 네가 이런 옷을 좋아한다고."

언제가 우리 집 귀신을 달래 달라고 굿판을 벌이든가, 염불을 올리든가, 기도를 드리든가 해야지…….

에레나가 입고 있는 옷은 교복이었다. 뭐, 회장의 교복 차림을 몇 번 본 적이 있으니 비슷한 체형의 에레나가 교복으로 갈아입어도 그렇게 이상하게 생각하지는 않았을 거다.

하지만 검은색 세일러복은 뭐랄까.

세현에 의해 뇌에 강제로…… 아니, 입으로는 싫다고 하면서 정직하게 반응한 몸 때문에 주입된 이상한 영상들이 떠오른단 말이지.

그래도 다행인 건 에레나가 입고 있는 세일러복은 평범한 세일러복이라는 거다. 정말 교복으로 쓰였을 법한 디자인이다. 다른 용도로 만들어진 옷이 아니라.

아니, 그건 그렇고.

"너, 주근깨는 어디 갔냐?"

에레나의 볼에 나 있던 주근깨가 깨끗하게 사라져 있었다.

내 말에 에레나는 살짝 얼굴을 붉히며 말했다.

"요술로 없앤 것이다."

조금 당황했다.

"어? 왜?"

"네가 말한 것이다."

"내가 뭘……."

말을 하던 도중 깨달았다. 내가 에레나에게 했던 말을.

"안 어울리네. 응, 안 어울려. 일단 넌 금발인 데다가 주근깨도 있고, 입고 있던 갑옷 때문에 이미지가 확실하게 잡혀 버려서 위화감밖에 들지 않는다."

주근깨도 있고~ 주근깨도 있고~ 주근깨도 있고~

머릿속에서 내가 한 말이 에코가 되어 울린다.

"……그것 때문에?"

에레나가 고개를 끄덕이며 어딘가 불안해하는 표정으로 말했다.

"머리색도 바꾸려 했지만 그건 머리카락 하나하나 색을 바꿔야 하기 때문에 당장은 힘든 것이다. 염색은 머릿결이 상해서 싫고."

……이래서 사람은 말을 조심해야 하는 겁니다.

자신의 한심함에 치를 떨고 있는 중, 에레나가 말했다.

"그, 그래서 어떠한가?"

같은 실수를 두 번 할 생각은 없다.

"잘 어울리네. 응, 특히 금발이라서 더욱 마음에 들어. 그러니까 머리카락 색은 바꾸지 마라."

에레나가 의심의 눈초리를 보내는 걸 보니 조금 늦은 것 같지만.

"정말인가."

"잘 어울린다니까?"

에레나가 가슴에 손을 얹고 안도의 한숨을 쉬었다.

"다행이다. 드라마에서는 이런 차림의 여자를 본 적이 없기 때문에 네 마음에 들지 않을까 걱정한 것이다."

당연히 없겠지. 검은색 세일러복을 입은 금발의 여자애 같은 게 드라마에 어떻게 나와? 여고생이라도 무리지 않을까 싶은데.

"그건 그렇고 말이다."

나는 에레나가 한 바퀴 빙글 돌 때 눈치챘던 것을 언급했다.

"머리는 왜 땋은 거야?"

아까도 말했지만 에레나는 금발을 양 갈래로 곱게 땋고 있었다.

"이것이 왕도라 들었다."

요괴의 왕은 그런 길을 걷지 않으니 다른 왕이겠군. 변태의 왕이라든가, 패티시의 왕이라든가, 범죄의 왕이라든가.

"그, 그러냐……."

그래도 뭐라고 할 수 없는 건, 의외로 잘 어울린다는 거다. 왜일까.

왜긴 왜야, 랑이가 오기 전까지는 남모르게 볼 수 있었던 것들 때문이지!

"……왜 그러는가?"

잠시 머리를 숙이고 속으로 한탄하고 있자니 에레나가 걱정 어린 목소리로 내게 말을 걸어왔다.

사실을 있는 그대로 말하는 건, 이젠 더 이상 떨어질 곳도 없을 사회적 지위를 완전히 저승으로 보내는 짓이 될 것이기에 나는 말을 얼버무렸다.

"아니, 별거 아니야. 그보다 말이다……."

'응?'이라고 말하듯이 고개를 갸웃하는 에레나에게 나는 할 말을 잃었다.

아니, 에레나의 교복 차림에 반했다거나 그런 게 아니야! 그냥 할 말이 없는 거다! 지금 이 상황을 벗어날 화제가 없다고!

그런 내게 구원자가 등장했다.

"……꼬리 치지 마, 이 '거시다'야."

아야가 말한 게 에레나의 말투에서 떨어지지 않는 '것이다.'라는 것을 깨닫는 데는 그리 오랜 시간이 걸리지 않았다.

"꼬리를 친 적 없다. 그리고 나를 부를 때는 새엄마라고 불러야 하는 것이다."

분노에 찬 울음소리가 하늘 높이 솟아오르기 전에 나는 잽싸게 아야의 입을 막았다.

"읍! 으으읍!"

아야가 매섭게 나를 보며 뭔가 말했지만 입을 막고 있으니 알 수가 있나. 뭐, 왜 그러냐고, 놔 달라고 말하는 거겠지만.

나는 대답 대신 곤히 잠들어 있는 성린을 비어 있는 한 손으로 가리켰다.

손바닥 안에서 아야의 볼이 빵빵해지는 게 느껴진다. 흥분을 어느 정도 가라앉힌 것 같으니 놔줘도 되겠지.

"키이잉…… 운 좋은 줄 알아, 이 운수대통아. 성린이만 아니었어도 난리 났을 거야."

야, 넌 왜 아쉬워하는 표정을 짓는데?

"동경하고 있는 장면의 주인공이 될 기회를 놓친 것인가."

현실과 드라마를 구분 못 한다고 말했던 사람이 누구였냐고 딴죽 걸고 싶었지만, 나는 그보다 아야와 에레나가 싸우는 걸 막기 위해 둘의 신경을 다른 곳에 끌기로 했다.

"아, 그런데 성의 누나."

화제를 돌리는 거로.

"왜 그런가요, 성훈?"

성의 누나는 마치 다른 세계에 살고 있다는 듯이 평화로운 음색으로 내게 대답했다.

……성의 누나, 솔직히 말해 봐요. 누나는 별의 의지가 아니라 선녀죠?

"성린이는 낮잠 자는 거야?"

내가 생각해도 정말 지리멸렬한 화제 전환이라고 생각한다. 누가 봐도 낮잠 자고 있는 거로 보이니까. 하지만 이건 아야와 에레나에게 경고의 의미가 있다. 성린이가 자고 있으니까 시끄럽게 굴지 말…….

"아니요."

계획의 근간이 부정당했다.

"응?"

당황해서 다시 묻는 내게 성의 누나가 말했다.

"성린이는 지금 지구의 의지에게 지식을 받고 있어요."

"그, 그래?"

에레나와 아야가 싸우는 것을 말리는 일에서 스케일이 우

112

주로 나가 버리니 당황스럽다.

"그래요. 그래서 절대로 깨우면 안 돼요."

성의 누나가 힘주어 말했다는 사실에, 나는 호기심은 고양이를 죽인다는 것을 알면서도 물어볼 수밖에 없었다.

"왜?"

성의 누나가 살짝 곤란하다는 기색으로 말했다.

"성린이 터지거든요."

"……터져?"

내가 잘못 들었나?

"터진다는 건, 그, 평범한 의미의 펑~ 하고 터진다는 뜻이야?"

성의 누나가 고개를 끄덕였다.

"그래요."

숨을 멈추는 게 좋지 않을까 싶을 때는 이미 호흡이 멈춰진 후였다. 그런 나를 신경 썼는지 성의 누나가 안심하라는 듯 말했다.

"그래도 큰 문제는 없지만요."

비명이 튀어나올 뻔했지만 겨우 참았다.

"아니, 그게 어떻게 큰 문제가 없어?"

"왜 그러죠, 성훈? 뭘 걱정하는 건가요?"

나는 어떻게 하면 상황을 온건히 표현할 수 있을까 고민한 뒤 말했다.

"그렇게 되면 성린이가 크게 다치잖아?"

눈꺼풀을 깜빡거리며 순진한 눈망울로 나를 바라보던 성의 누나는 조금 시간이 지난 뒤.

"후훗."

입으로 손을 가리며 웃었다. 이왕이면 날 안심시켜 준 다음에 웃어 줬으면 좋겠다.

"바보 아빠."

아야가 성의 누나 대신 설명해 줄 생각인가 보다.

"성린이가 원래 어떤 애인지 까먹은 거야?"

성린이가 원래 어떤 애라니. 그건…….

아, 메모장.

깜빡했지만 성린이는 메모장이 변한 아이다. 성린이 터진다는 말이 너무 충격적이라서 생각 못 했어.

내 생각이 표정에 다 드러났는지 성의 누나가 상냥한 미소를 지으며 말했다.

"그래요, 성훈. 그러니 그때는 조금 번거롭겠지만 다시 모으면 되는 거예요."

머릿속에서 낱개로 흩어진 메모장을 모으니 짠! 하고 성린으로 변신하는 모습이 떠올랐다.

나는 아야에게 말했다.

"……너희 요괴들도 그런 경우가 있냐?"

"도깨비는 그럴 때가 있어, 이 무식아."

그, 그렇구나. 몰랐다. 인간이 요괴를 이해하는 건 힘든 일이구나.

그래도 말이다. 조금 당황은 했지만 생각지도 못한 깨달음과 함께 목적도 달성할 수 있었다.

에레나와 아야의 말다툼을 말릴 수 있었으니까.

잠깐뿐이었지만.

성린에 대한 이야기가 끊기자 자연스레 아야의 시선이 에레나를 향한다. 정확히는 나와 성의 누나가 대화하는 걸 배려해서 아무 말도 하지 않고 기다리고 있었다는 게 맞겠지.

"그래서 말인데, 이 굴러온 돌아."

아야가 다시금 전쟁의 화포를 쏘아 올릴 때.

"성훈이하고 에레나, 여기 있지?"

드르륵, 방문이 열리고 나래가 안으로 들어왔다. 책이라도 읽고 있었는지 반무테 안경을 끼고 있었다. 가끔 나래가 안경을 쓴 모습을 볼 때마다 느끼는 건데, 평소와는 다른 섹시한 매력이 드러난단 말이지.

세희도 안경을 쓸 때가 있지만 섹시하다는 느낌이 안 드는 것은 아마도…….

갑자기 등골이 오싹해졌으니까 이상한 생각은 그만하고 대답이나 하자.

"아, 무슨 일이야?"

"나를 찾았는가?"

나래는 고개를 끄덕이고는 손가락으로 밖을 가리키며 말했다.

"할 말이 있는데, 잠깐 괜찮을까?"

"알겠다."

"그래."

나야 나래 님이 부르시면 언제, 어디든지 달려갈 놈이니까. 물론 내 힘으로 바다는 못 건너겠지만.

그런데 말이다.

나는 나래에게 눈빛으로 물었다.

랑이는?

마음대로 해.

나는 고개를 끄덕이고 고개를 돌렸다.

"쯧."

혀를 차는 냥이와 눈이 마주쳤다. 내가 인상을 구기는 것과 동시에 냥이가 빨리 꺼지라는 듯 손을 휘저었다.

아니, 그러니까 랑이는…….

냥이의 허벅지에 머리를 기대고 쿨쿨 낮잠을 자고 있군. 이상할 정도로 조용하다 싶었더니.

자고 있는 랑이를 깨울 생각은 없기에 나는 조용히 일어섰다. 에레나가 앞에 있기에 먼저 가길 기다리고 있자니, 아야가 말했다.

"킁…… 넌 나중에 두고 봐."

"설마 그 말을 직접 들을 줄은 몰랐다."

그런 거에 눈동자를 반짝이지 마라.

"키이잉~!"

아야가 화내잖아.

나는 지금 당장이라도 한판 붙고 싶어 하는 아야의 볼을 쓰다듬어 준 뒤, 에레나를 따라 방에서 나갔다.

세 번째 이야기

나래가 나와 에레나를 데려간 곳은 자신의 방이었다.

"……이건 무엇인가?"

그리고 나와 에레나는 방 안에 들어가자마자 기겁을 했다.

그 모습을 보며 나래가 우쭐하며 어깨를 폈다. 그 작은 행동에 출렁이는 가슴을 보아하니…….

아니, 아니다. 아무 말도 하지 말자.

그저 나는 힘주어 나래의 가슴을 관찰했다.

"보면 몰라?"

봉긋이 솟아오른 신체 부위에서도 자신의 존재를 좀 더 부각시키고 싶어 하는, 그야말로 꼭짓점이라 할 수 있는 부분을 얇은 천 너머로 세상에 드러내고 있는 나래가 조금 우쭐한 목소리로 말했다.

"내가 만든 성훈 굿즈(Goods). 아니, 상품인데."

"……이런 것은 처음 본 것이다."

그야 그렇겠지. 나는 여러 번 봤지만, 정말 몇 번을 봐도 질리지 않는다. 나를 본떠 만든 인형이나 내 사진이 달린 열쇠 고리, 컵, 안고 자는 베개, 이불, 포스터 등등.

……이런 면에서는 나래를 이해 못 하겠다니까.

대상이 된 사람이 손 뻗으면 닿을 거리에 있는데 이런 게 필요할까.

생각이 한숨이 되어 나오자 에레나가 나에게 말했다.

"너는 알고 있었는가?"

"이런 게 있다는 건."

다시 말하면.

"이건 언제 가져온…… 아니, 꾸민 거야?"

내가 놀란 이유는 에레나와 다르다는 거다. 분명히 어제만 해도 나래의 방은 평범한 소녀의 방이었거든.

그런 방이, 언제 악마 숭배자의 우상들로 가득찬 방과 같은 수준의 끔찍한 인테리어로 변했는지 모르겠다.

"조금 전에."

……그래서 나래가 안방에서 안 보였던 건가. 아마 내가 일을 하는 동안 방을 꾸민 거겠지.

"그것보다 보여 주고 싶은 건 이게 아니야."

나도 모르게 침을 꿀꺽 삼켰다. 나래야, 등신대 인형이라도 만든 건 아니지? 응? 나, 널 믿어도 되지?

"이걸 봐 봐, 에레나."

"이건……."

내가 바보 같은 생각을 하고 있는 동안에, 에레나는 나래가 가리킨 책상 위의 노트북 화면을 보고 굳은 목소리로 말했다.

"……뭐라고 적혀 있는 것인가?"

"……."

"……."

나와 나래의 미지근한 시선을 받은 에레나는 얼굴을 붉히며 말했다.

"어, 어쩔 수 없지 않은가? 아무리 천재라고 한들, 한국어를 배우는 것만으로도 힘들었단 말이다. 애, 애초에 드라마에서는 한글을 배울 수가 없는 것이다! 말하고 듣는 정도가 고작이란 것이다!"

나래가 말했다.

"하긴, 말투부터 엉터리로 배운 티가 나니까."

"윽……."

에레나가 살짝 주먹을 쥔 것을 내려다보며 나래가 말했다.

"내가 아는 애 중에서도 그런 바보가 있어. 일본 만화를 좋아해서 만화 영화만 보면서 일본어를 익힌 애."

아, 누군지 대충 알 것 같군.

"나중에 알고 보니까, 그 애가 하는 일본어. 아저씨 말투였다고 하더라고."

……세현아. 너 도대체 무슨 일이 있었던 거냐. 옛날에는 귀여운 여자애들이 나오는 만화밖에 안 봤잖아.

"사극이 재미있는 걸 어떻게 하란 말인가!"

"누가 뭐래니? 그냥 그렇다는 거지."

"으으……."

억울한 듯 앙증맞게 쥔 주먹이 부들부들 떨리지만 에레나는 뭐라고 말하지 않았다.

그래, 잘 생각했다. 나래를 말로 이기는 건 아마도 무리일 테니까.

그래도 좀 불쌍해 보이니까 도와줄까.

"뭐라고 적혀 있기에 그래?"

나는 허리를 굽혀 노트북 화면에 보이는 글을 읽어 보았다.

음.

나는 나래에게 물었다.

"……뭐라고 적혀 있는 거야?"

나래가 입을 가리며 깜짝 놀라 했다.

"성훈아…… 너……."

"아니, 한글은 알아! 아는데!!"

'교육 훈련이 직접적인 원인이 되어 발생한 사고 또는 재해로도 볼 수 있으나 상당 인과 관계가 인정되기는 어렵다. 사고 또는 재해로 인정하는 범위가 지나치게 확장된 결과 정보의 확실성이 약화된 것에 대한 반성적 고려에서 보고서가 작성된 점 등을 고려하여 볼 때…….' 같은 소리로 가득 차 있는 걸 어떻게 이해하라고?!

억울함이 가득 찬 내 시선을 받은 나래는 안경을 벗고는 눈을 지그시 누른 뒤 말했다.

"너, 다른 건 몰라도 독해 공부는 조금 해야겠다."

오랜만에 모범생의 혼에 불이 붙은 것 같다. 이러다가는 안 그래도 요괴의 왕의 업무와 자잘한 공부에 시달리고 있는 내 뇌가 과부하되어 불타 버린다!

나는 재빨리 옆에 있는 에레나의 어깨를 잡은 뒤,

"꺗?"

새된 비명을 무시하고 나래 전용 방패로 삼으며 말했다.

"지금은 그것보다 에레나한테 무슨 말인지 설명해 주는 게 먼저 아닐까?"

"정말, 너. 그런다고 내가…… 응?"

한숨을 쉰 뒤 내게 사형 선고를 내리려던 나래가 뭔가 이상한 걸 본 듯하다. 나는 자연스럽게 나래의 시선이 가는 곳, 그러니까 바로 내 아래쪽을 보았다.

"아, 웃, 저기, 윽, 이건……."

목 뒤까지 새빨개져서는 바들바들 떨고 있는 에레나가 있었다.

……저기, 에레나 씨? 저, 지금 단순히 어깨를 만지고 있을 뿐인데요? 왜 내가 엉덩이라도 주무르고 있는 것같이 반응하십니까?

덕분에 나래의 눈매가 날카로워졌잖아!

나는 급히 나래에게 보란 듯이 내 양쪽 손으로 시선을 번갈아 향했다. 나래가 슬쩍 몸을 틀어 나와 에레나의 사이를 살펴보았다.

정확하게는 내 하반신을.

당연하겠지만 손과 어깨를 제외한 신체 접촉 같은 건 없다.

나는 나래에게 항의의 눈빛을 보냈다.

봤지? 그런 거 아니야!

나래 역시 눈빛으로 대답했다.

만약 할 거면 나한테 해. 아니면 내가 해 줄까?

그렇게 잠시 나와 나래가 눈빛으로 대화를 나누고 있을 때.

에레나가 갓 태어난 어린양 같은 목소리로 말했다.

"저기, 그, 그만, 이건…… 너무 빠, 빠르지 않으, 은가. 이, 이, 이거로 마, 만족, 만족하고 그, 그, 그만 놓아 달라."

"……."

"……."

"뭐, 뭐라, 고, 마, 마, 말이라도, 하, 하, 하, 하지 않겠는가."

설마 하는 생각에 나는 슬쩍 오른손으로 에레나의 등을 훑어 보았다.

"꺄아앗?!"

비명을 지르며 앞으로 후다닥 몸을 피했다. 정확히 말하면 나래가 있는 곳으로.

"우픕?"

"어머?"

그대로 나래의 가슴 사이에 얼굴을 묻은 에레나는 아직 정신이 없는지 계속 앞으로 달리듯 걸었다. 나래가 뒤로 밀리는 일은 없었지만, 그, 뭐랄까.

요동친다, 가슴. 불타오른다, 마이 하트.

"잠깐, 얘?!"

나래의 가슴은 크다. 그건 부정할 수 없는 사실이다. 가슴이 크다는 말은, 다르게 말하면 부피가 크다는 말이다.

한 가지 예를 들어 보자. 이건 과학적 지식이 없는 사람도 쉽게 이해할 수 있을 거다.

먼저, 종이컵을 물로 가득 채우자. 그 상태로 냉동실에 넣고 하루가 지난 뒤 꺼내 보면 어떻게 되어 있을까? 그래. 물이 얼음으로 변하면서 부피가 늘어나게 됨으로, 종이컵의 수용 한도를 벗어나게 된다.

또 다른 예를 들어보자.

그리스인가, 아테네인가의 철학자 아리스토…… 아, 이 사람이 아닌가? 어쨌든 왕관에 관한 일화를 알겠지. 왕은 철학자에게 이 왕관이 순금으로만 만들어졌는지, 아니면 은이 들어갔는지 확인해 보라고 했다. 고민을 하던 그는 목욕탕에 들어갔다가 자신이 들어감으로써 가득 차 있던 물이 넘쳐흐르는 것을 보고 깨달음을 얻어 이렇게 외친다.

"유레카!"

"뭐, 뭐가 유레카야?!"

얼굴을 새빨갛게 물들이며 나래가 화를 냈지만 지금의 내게 그 목소리가 닿는 일을 없었다.

왜냐하면, 에레나가 나래의 앙가슴 사이에 들어가 가슴 부위의 부피가 늘어나게 만들자, 두 손으로 받들어 숭배해야 할 나래의 젖과 꿀이 흐르는 가슴이 양쪽으로 살짝 벌어졌기 때문이다.

그뿐일까?

에레나의 운동 에너지 역시 무시할 수 없다.

푸딩을 올려 놓은 접시를 좌우로 흔드는 것과 같이!

한 손으로는 그 감촉을 온전히 맛볼 수조차 없는 나래의 풍만한 가슴이 모양새를 바꾸며 격하게 흔들리고 있는 것이다!

"그러면서 용케 참고 있네, 진짜!"

나래가 진심으로 화난 목소리로 외치며 에레나의 허리를 잡고 자신에게서 떼어 냈다. 그러자 다시 한 번 나래의 가슴이 출렁거리며 원래 있던 자리로 돌아왔다.

내 이성과 함께.

……나, 괜찮은 걸까. 이러다가 사고 치는 거 아니야?

"헉, 헉, 헉……."

내가 자신의 미래에 대해 걱정하고 있는 동안, 에레나는 현재를 위해 숨을 헐떡였다.

이해한다. 나래의 가슴 사이에 잘못 끼이면 숨을 제대로 못 쉬거든.

……경험담 아니다. 바둑이가 당하는 걸 본 적 있는 거지.

"성훈아."

올 게 왔군.

"으, 응?"

하지만 내 걱정과는 달리 나래는 정말로 우려가 가득 담긴 목소리로 내게 말했다.

"너 혹시…… 관음증 같은 게 있는 건 아니지?"

상상도 못 한 말에 입이 떡 벌어질 뻔 했지만, 나는 정신을 똑바로 차리고 대답했다.

"······아니야."

"목소리로 봐서 거짓말은 아닌 것 같은데······."

"절대 아니야."

난 그림의 떡보다는, 보기 좋은 떡이 먹기도 좋다는 속담이 좋다고.

"그럼 됐고."

나래가 시선을 돌렸다. 얼굴이 새빨개졌다가, 파래졌다가, 여러모로 바빴던 에레나에게.

"괜찮아?"

콜록, 콜록. 마지막 기침을 내뱉은 에레나가 고개를 끄덕이며 대답했다.

"괘, 괜찮은 것이다."

"그건 다행이네. 그러면 잠깐만."

나래는 에레나에게 말했지만 어째서인지 내 손목을 잡았다.

"응?"

그리고 내 손을 잡아끌어 에레나의 목덜미에 갖다 대었다.

"히꺄앗?!"

에레나가 다시금 펄쩍 뛰면서 도망쳤다. 안타깝게도 나래의 뒤쪽으로.

"가, 가, 갑자기 무슨 짓인가?!"

목소리가 올라간 에레나와 달리 나래는 평온한 음성으로 말했다.

"확실해졌네."

나래가 에레나의 허리를 잡고는 앞으로 끌어내면서 말했다.

"에레나는 스킨십에 내성이 없어. 그것도 극도로."

"윽?!"

……왜 거기서 '내 비밀이 들키다니! 분하다!' 같은 태도를 보이는 거야?

"뭐, 그런 것 같네."

"아니다! 스킨십 정도는 아무 문제없는 것이다!"

얼굴을 새빨갛게 물들이고 당당하게 외치는 에레나를 위해, 나는 오랜만에 혀를 날름거리면서 손가락의 관절을 음흉하게 풀며 말했다.

"그래? 그러면 나하고 그 문제없는 스킨십 좀 해 보자."

"히이이익?"

에레나가 기겁을 하며 나래의 뒤로 몸을 숨겼다.

나는 나래에게 말했다.

"……그렇게 기분 나빠?"

"아니? 오히려 기쁜데?"

기분 나쁘다고 해 줬으면 좋겠다. 내 정조를 위해서.

뭐, 어쨌건. 에레나가 스킨십에 약하다는 건 내게 좋은 소식이군. 어깨에 손을 올리는 정도로 그 정도의 반응을 보인 걸 봐서, 생각보다 일이 잘 풀릴 수 있겠어.

나는 그런 생각을 하며 말했다.

"너 그러면서 어떻게 나하고 약혼할 생각을 했냐?"

그 순간 에레나의 분위기가 변했다. 마치 자신이 패배할 것을 알면서도 사악한 용 앞에 나선 용사처럼.

"각오는 하고 온 것이다!"

사악한 용이 음흉한 미소를 지었다.

"ㅎㅎㅎㅎㅎ. 그것 참 잘됐네."

"히이이이익?"

······그렇게 징그러웠냐.

마음의 상처를 받은 나는 일단 화제를 돌리기로 했다.

"그건 그렇고, 성훈아. 아까 하던 이야기를 계속할게."

소꿉친구는 닮는다더니.

나는 고개를 끄덕였다. 나래가 어느새 절전 모드가 되어 버린 노트북의 키를 눌러 화면을 띄운 뒤 뒤를 돌아보며 말했다.

"너한테도 중요한 일이니까 숨지 말고 앞으로 나와."

"누가 숨었다는 것인가?! 나는 방패를 들었을 뿐이다!"

에레나가 새빨개진 자신의 얼굴이 아니라 치태를 숨기고 싶다는 듯 목소리 높여 말했다. 순간 인간 방패가 된 나래는 상냥하게 보이는 미소를 지었지만.

"그래?"

나는 어느 정도인지는 잘 모르지만, 물어봐도 제대로 대답해 주지 않았다. 웅녀의 신내림을 받은 후 나래는 상당히 강해졌다.

"이, 이거 놓는 것이다! 무슨 짓을 하려는 것인가?!"

힘줄이 돋아난 두 손으로 에레나의 양쪽 팔뚝을 잡은 나래는 그대로 내 쪽을 향해 조금씩 거리를 좁혀 갔다.

"하지 말란 것이다! 이게 무슨 짓인가?! 이것이 이름 높은 곰의 일족 수장이 할 짓인가?!"

"왜 그래? 난 그냥 네가 약혼한 성훈이하고의 사이를 좁혀 주려고 하는 것뿐인데."

나래의 눈은 웃고 있지 않았다.

"물리적으로."

"히이이익?!"

다시금 상처 받은 나는 이쪽으로 다가오는 에레나를 살짝 피해서 나래의 옆구리를 살짝 찔렀다.

"아웅~"

이상한 소리 내지 마! 내가 이상한 곳을 찌른 줄 알았잖아!

손가락이 탄탄한 근육에 밀려 조금도 들어가지 않은 점은 넘어가고.

"장난은 그만하고. 무슨 이야기인데 그래?"

"알았어."

나래는 고개를 끄덕인 뒤 에레나를 놓아주었다. 겨우 자유를 되찾은 에레나는 양 팔뚝을 매만지며 분하다는 듯 나래를 올려다보았지만, 우리의 소꿉친구님은 신경 쓰지 않는 눈치다.

나래가 진지한 표정으로 노트북 화면을 가리키며 말했다.

"정리해서 말해 줄 테니까 잘 들어. 너한테도 중요한 일이니까 잘 들어."

"……무엇인가?"

에레나의 표정도 진지해졌다.

이럴 때 장난치고 싶어지는 게 내 못된 버릇이지.

흠.

노트북이 책상 위에 있다 보니 제대로 보려면 허리를 굽혀

야 한다. 그러다 보면 자연스럽게 몸이 기역 자로 굽어진다.

이게 또 나래의 엉덩이를 부각시킨단 말이지. 안 그래도 넓은 골반 때문에 히프 라인이 매력적인 나래다. 그런데 이런 자세를 취하면 자연스럽게…….

"곰의 일족에서 올라온 보고서에 의하면, 에인헤랴르의 일원 몇 명이 교육 훈련 도중 의문의 인물에게 습격을 당했다고 해."

잡생각이 사라졌다.

"습격?! 그게 정말인가?!"

에레나의 목소리가 높아졌다. 자기가 속해 있는 곳이니만큼 당연한 일이다.

"그래, 그래서 아말리엔보르 성의 반파되었대."

에레나의 얼굴이 새하얗게 변했다.

"Alt gode forældre?!"

얼마나 급한지 자기도 모르게 모국어가 나온 것 같다. 어느 나라 말이지? 영어는 아닌 것 같은데 말이야.

"무슨 말인지는 모르겠지만, 걱정 마. 사상자는 없다고 하니까."

그건 다행이네. 한결 마음이 편해졌다. 에레나도 그런지 안도의 한숨을 내쉬었다.

"……휴우."

"그것보다 그건 어느 나라 말이야?"

나래의 질문에 에레나가 깜짝 놀라더니 이내 표정을 다잡고 고개를 흔들며 말했다.

"별것 아닌 말이다. 동료, 동료의 안부를 걱정하는 말인 것이다."

"……흐음. 그래?"

"그렇다."

살짝 굳은 표정으로 고개를 끄덕이는 에레나와 전혀 믿지 않는 눈치인 나래. 하지만 깊게 파고들 생각은 하지 않는지 이내 노트북을 바라보았다.

나도 나중에 시간 날 때 무슨 뜻인지 찾아봐야겠군. 아니면 세희나 냥이한테 물어보든가.

"어쨌든, 습격을 한 사람…… 요괴일지도 모르겠지만."

아주 짧은 시간이지만 **나래는 나와 눈을 맞춘 뒤** 말을 이었다.

"그에 대한 정보는 없다고 하네. 제대로 된 인상착의를 목격한 사람도 없다고 해."

에레나가 인상을 찌푸리며 말했다.

"그럴 리가 없다. 그곳은 에인헤랴르의 정예 중 정예가 지키고 있는 곳이다. 성이 반파되었는데 목격자가 없다는 것은 말이 안 되는 것이다."

"난 우리 애들의 보고를 믿어. 믿기지 않으면 직접 연락해 봐."

나래가 에레나를 보며 말했다.

"그러고 보니 넌 연락 못 받았어?"

에레나가 주먹을 쥐며 말했다.

"……날 걱정해서 그랬을 것이 틀림없다."

"그럴지도 모르겠네."

나쁘게 말하면 에레나는 지금 먼 타국에 팔려 온 처지다.

자기 앞가림에 바쁠 거라 생각해서 이런 안 좋은 소식을 전하지 않았을 가능성이 크겠지.

그렇다는 건…….

나래가 난색을 표하며 말했다.

"……괜히 알려 줬나?"

"아니다. 이 사실을 나중에 알았다면 크게 자책했을 것이다."

에레나가 나래에게 허리를 꾸벅 숙였다.

"고맙다, 곰의 일족의 수장. 이 빚은 꼭 갚겠다."

나래는 그 모습을 흐뭇하게 바라보다가, 입가에 미소를 띠고 장난기 가득한 목소리로 말했다.

"그러면 파혼을 하고 나와 성훈이의 러브 하우스에서 나가 주는 건 어때?"

그 속에 담긴 건 숨기지 않은 진심이었지만.

"그건 안 된다."

나래가 어깨를 으쓱하며 말했다.

"그럴 거라고 생각했어. 그보다, 우린 신경 쓰지 않아도 되니까 연락하러 가 봐. 그쪽 사람들이 걱정되는 거지?"

에레나가 고개를 끄덕였다.

"다시 한 번 감사를 표한다."

"그래."

에레나는 나에게도 고개 숙여 인사하고서는 나래의 방을 나섰다.

문이 닫히고 나서, 나래가 말했다.

"성훈아."

그리고 나는 깨달았다. 지금 이 방에는 나와 나래, 단둘뿐이라는 것을.

아마도 에레나를 배려해 준 건, 에레나를 걱정하는 솔직한 마음과 나와 단둘이 있고 싶은 욕망. 그리고 숨기고 있는 속셈. 그 세 가지 이유 때문이겠지.

그리고 나래는 두 번째 이유를 듬뿍 담은 요염한 목소리로 말했다.

"도망치려면 지금인 것 같은데?"

속지 않을 거지만.

"하, 하하하. 농담도 잘해."

"농담 아닌데?"

슬쩍 내 손을 잡고서 침대로 잡아끈다. 그 힘이 얼마나 강한지 나는 반항다운 반항 한 번 못 하고 침대에 눕혀졌다.

바로 옆에 실존 인물보다 30배는 미화된 그림이 그려져 있는 안고 자는 베개가 신경 쓰이는구나!

나래가 부드러우면서도 탄력 있는, 그러면서 아주 살짝 치골이 느껴지는 엉덩이를 내 허리 밑에 올려놓을 때까지는.

"저, 저기, 나래 님? 나래 님?"

"응?"

"지금 이럴 때가 아니잖아요?"

나래가 고개를 끄덕였다.

나는 안도의 한숨을 내쉬었…… 이 상황은 오랜만이군!

"빨리 진도를 나갈 때지."

나래가 몸을 앞으로 숙였다. 중력의 영향을 받은 가슴이 아래로 내려갔다가 가지고 있는 탄력 때문에 다시 제자리를 찾는 것도 잠시.

"나, 나래야?"

나라는 접시 위에 잘 익은 농밀한 두 개의 과실이 올려졌고, 이내 그 과실은 위에서 누르는 압력에 짓눌려졌다. 동시에 평소라면 느껴지지 않아야 할 신체 부위의 감촉이 선명하다!

조금 전에 말했지만, 나래는 입어야 할 속옷 중 하나를 안 입고 있었으니까!

"하나뿐이라고 생각해?"

"……?!"

"요술 쓴 거 아니야. 그냥 알 수 있는 거지."

"그, 그러면 좀!!"

견디기 힘들다고! 이러다가는 못 견디고 랑이를 부를 것 같아! 그러니까 빨리!

내 인내심이 한계치에 다다르려는 순간!

"잘 들어, 성훈아."

나래가 내 귓가에 입가를 대고서.

"에레나에게는 말하지 않았지만, 사실 목격자가 있었어."

나와 단둘이 남으려 했던 마지막 이유를 말했다.

그래. 아까 에레나에게 설명을 하면서 나를 봤을 때.

짧은 순간이었지만, 나는 거짓말이라고 말하는 나래의 시선을 볼 수 있었다.

"누군데?"

"확실하지는 않아. 혹시나 몰라서 파견한 S급 이상 요괴만

전담하는 언니들도 확실히 보지 못했으니까.”

“언제 보낸 거야?”

“오늘 아침에 연락을 받으면서.”

내 소꿉친구가 나와 비교해서 너무 유능한 거 아닐까 싶다.

“아니, 그전에 왜 파견을 보낸 건데?”

나래가 눈을 돌리며 말했다.

“감시할 필요도 있고…….”

“있고?”

“……무력시위 정도는 생각하고 있었거든.”

마당 구석에서 나눴던 이야기가 떠올랐다.

무섭다, 곰의 일족!

하지만 난처해 보이는 나래를 보고 있으니 아무래도 좋다
는 생각이 들었다.

나는 화제를 돌렸다.

“그건 그렇고, 그런 이야기를 나한테 한다는 건…….”

“휴~”

나래가 한숨을, 내 입장에서는 귓가에 뜨거운 숨결을 불어
넣으며 말했다.

“그래, 인상착의. 아니, 잔영(殘影)만으로도 짐작이 가는
애가 있어서 그래.”

머리가 차가워졌다.

짐작이 가는 애. 즉, 나래가 알고 있고, 어느 정도 관계가
있다는 말이다. 그렇다면 자연스럽게 떠오르는 녀석이 나도
한 놈 있었다.

아니, 그 녀석 말고는 떠오르는 게 없다.

"……세희?"

"……응."

나는 나래의 어깨를 잡고 옆으로 눕히는 동시에 그 위에 올라탔다. 물론 나래와 좋고 좋은 시간을 보내기 위해서가 아니기 때문에 나는 침대에서 내려가려고 했다.

"어딜 가려고 그래?"

나래가 내 허리를 두 다리, 목을 두 팔로 휘감아서 꼼짝도 못 하게 만들었다…… 라고 생각했겠지만.

"우럇!"

나는 억지로 힘을 줘서 그대로 나래를 들어 올리며 일어섰다.

"꺅?"

내가 이럴 줄은 몰랐는지 나래가 당황했다.

거기까지는 좋았는데 떨어지지 않으려고 내게 달라붙은 게 마치…….

지금 그게 문제가 아니지!

"버티지 말고 내려와!"

무거우니까!

"……지금 무겁다고 생각했지?"

그 일이 있기 전의 나래가 자주 보였던 눈빛이 가끔 그리울 때가 있었지만, 어디까지나 가끔이다. 그리고 이렇게 근거리에서 보고 싶지는 않았어.

"그, 그게 아니라!"

"거짓말 안 하려고 말 돌려도 의미 없거든?"

추궁하며 점점 얼굴을 가까이 갖다 대는 나래에게 살아남기 위해 나는 화제를 돌렸다.

"아니, 지금 이런 말할 때가 아니잖아. 사실인지 아닌지 확인해 봐야지!"

만약 정말 세희가 그랬다면 가만히 있을 일이 아니다. 나와 했던 약속을 깬 거니까.

내가 심각하다는 걸 깨달았는지 나래도 장난을 그만두고……

"읍?"

"으음~♥"

입을 맞췄다?! 부드럽고 따스한, 그러면서 점성이 느껴지는 나래의 입술이 요염하게 움직이며 나를 탐한다.

아, 아니 이게 아니지!

나는 깜짝 놀라서 나래를 잡아 뒤로 밀었다.

다행인 건 운동 부족인 나를 위해서인지, 아니면 내가 이런 반응을 보일 줄 알았는지 나래가 두 발로 서 있다는 점이었다.

나래는 순순히 뒤로 물러선 뒤, 조금 전까지만 해도 다른 용도로 쓴 혀로 침이 묻어 있는 입술을 핥고는 말했다.

"조금 진정됐어?"

"다른 의미로 진정 안 되게 생겼습니다."

"진정된 것 같네."

아니라고 말하기는 쉽지만 왠지 그랬다가는 다시 한 번 기습 키스를 할 것 같아서 나는 고개를 끄덕였다.

"물론 나도 네가 확인을 해 봐야 한다고 생각해. 하지만 성훈아. 머리에 피가 몰린 채로는 안 돼."

나래가 싱긋 웃었다.

"키스만으로 머리에 몰린 피가 내려가지 않았다면, 다른 것도 해 줄 수 있는데, 어때? 랑이한테 변명할 수 있는 종류로."

나래가 졸리지도 않을 텐데 입을 가리지 않고 하품을 했다.

그것만으로 충분했다.

"아니, 괜찮아! 괜찮으니까!"

"칫."

너 요즘 너무 막 나가는 거 아니냐고오오오!

그래도 다행인 건 덕분에 흥분이 가라앉았다는 거지. 나래도 정말, 어떻게 하면 나를 진정시킬 수 있는지 너무 잘 알아서 문제다.

……그 반대도 너무 잘 알지만.

나는 머리를 흔들어서 머릿속에서 떠오른 여러 가지 것들을 지워 버리고 나래에게 말했다.

"지금은 괜찮아?"

"그래."

"그러면 같이……."

나래가 내 말을 끊었다.

"아니, 나는 안 가."

"응? 왜?"

나래가 어깨를 으쓱거리며 말했다.

"말했잖아. 성훈이 네가 확인해 봐야 할 일이라고."

그랬던 것 같다. 하지만 난 당연히 그 옆에는 나래가 있을 줄 알았는데.

그런 내 생각을 알고 있다는 듯, 나래가 말했다.

"공사 구분은 확실히 해야 해, 성훈아. 만약 내가 이런 일로 세희에게 질문을 하게 된다면, 나는 인간 서나래가 아닌 곰 일족의 수장으로서 요괴의 왕의 가솔인 강세희를 추궁하는 입장이 돼. 그리고 만약 내 가설이 사실이라는 자백을 듣게 되면, 혹은 그렇지 않더라도 곰의 일족으로서 반응을 보여야 해. 나는 그런 일이 없었으면 좋겠어."

나래는 조금 씁쓸한 표정을 지었다.

"세희가 성격이 음험하고 짜증 나는 면이 있기는 해도······ 일단은 내 친구니까."

놀랐다.

나래도 세희를 친구라 생각한다는 말을 들은 건 이번이 처음이니까.

그리고······.

내가 한 결정이 불러온 영향 때문에.

내가 잠시 말을 잃고 있자니 나래가 새치름한 표정을 지으며 입술을 삐죽 내밀었다.

"······왜. 지금도 내가 세희를 못 잡아먹어서 안달인 것처럼 보였어?"

예.

"아니거든?"

"아무 말도 안 했어."

"넌 생각이 얼굴에 다 드러난단 말이야."

내 선글라스는 아직도 배송 준비 중인가.

"그래서 지금 하고 있는 생각도 보여."

"……뭔데?"

"나한테 미안해하고 있지?"

나래에게는 뭘 숨길 수가 없다. 나는 어깨를 추욱 늘어뜨렸고 나래는 혀를 빼꼼 내밀며 귀엽게 말했다.

"그러길래 누가 소꿉친구 삐치게 만들래?"

나를 위한 배려라는 것을 알기에 나도 농담을 건넸다.

"……곰의 일족 수장 역을 맡긴 걸 미안해해야 하는 거 아니야?"

나래가 뺨에 손가락을 대며 말했다.

"그건 꽤 쓸모 있어서 괜찮아."

이건 농담이 아니네.

"그러니까 갔다 와."

"응."

나는 나래의 배웅을 받으며 방에서 나갔다.

세희는 신출귀몰하다. 부엌에 있을 때도 있고, 안방에 있을 때도 있고, 마당에 있을 때도 있고, 텃밭에 있을 때도 있어서 보통 쉽게 찾을 수는 없다.

그러니까 세희에게 할 말이 있다면 부르면 된다.

"……이상하네."

하지만 내가 언제나 신세 지고 있는 마당의 구석진 곳에서 이름을 두 번이나 불렀음에도 세희는 내 앞에 나타나지 않았다.

혹시 날 피하는 건가?

아니, 그 녀석에 한해서 그럴 일은 없겠지.

다시 한 번 불러 보고 그때도 안 나타나면 랑이에게 부탁을 해 보자.

나는 입을 열었다.

"뒤에 누군가가 있는데 세 번 같은 말을 하면 목이 날아가는 것이 이 바닥의 약속이지요."

이번에는 세희가 무엇을 토대로 이야기했는지 알 수 있었다.

"난 반골의 상 같은 건 없다고."

"색골의 상은 있지만 말이죠."

그런 상은 본 적 없어.

"아니면 왕이 될 상이라고 말씀드리는 게 좋겠습니까."

"이미 됐으니까 별 상관없지 않냐. 그보다 농담은 그만하고."

나는 바로 본론으로 들어가려다가…….

세희의 모습이 평소와 조금 다르다는 것을 깨달았다. 먼저 얼굴. 새하얀 피부에 먼지 같은 게 묻어 있고, 아주 살짝. 내가 아니라면 눈치채지 못할 정도로 아주 살짝 피곤한 기색이 드러나 있다. 그것만이 아니라 검은색 한복의 밑단 부분은 땅에 쓸린 흔적이 있고 소매 부분은 찢어져 있다.

마치 누군가와 크게 한바탕한 것처럼.

"……너 무슨 일 있었냐?"

내 추궁에 세희는 소매에서 왜인지 모르게 어딘가 눈에 익은 손거울을 꺼내 자신의 얼굴을 비추며 말했다.

"이런. 죄송합니다, 주인님. 저답지 않게 흉한 꼴을 보여

드렸습니다. 잠시 시간을 주시지 않겠습니까?"

그러고 보니 세희가 이런 흐트러진 모습을 보인 건 처음이다. 예전에 곰의 일족 누님들과 싸울 때도 이런 적은 없었다.

……흐음.

"아니, 괜찮으니까."

세희가 손거울을 소매 속으로 집어넣으며 말했다.

"그럴 때는 그런 모습도 예쁘니까, 혹은 매력적이니까 괜찮다고 말씀해 주시는 것이 여인의 마음을 사로잡기 위한 첫걸음입니다."

"오르지 않을 나무는 쳐다보지도 않는다."

"오르지 못하시는 것 아닙니까?"

"농담은 그만하고. 왜 그렇게 된 거야?"

쯧, 세희가 혀를 차고는 옷에 묻은 먼지를 털었다. 동시에 자그마한 돌멩이 같은 것들도 떨어진다.

"조금 험한 일이 생겨서 그렇습니다."

세희가 슬쩍 입꼬리를 올렸다.

"주인님. 그렇게 말을 돌리실 필요는 없습니다. 제게 하고 싶은 말씀이 있어서 제 이름을 엄마 잃은 아기 양처럼 부르신 것 아닙니까?"

내가 생각하기에는 야간 자율 학습에서 도망친 제자의 이름을 부르는 선생님 같았는데 말이야.

"있긴 있지."

나는 마음의 준비를 하고 말했다.

"너, 에인혜…… 혜……."

"에인혜랴르입니다."

이름 외우는 거 힘들어!

"그, 그래. 에인혜랴르에서 일어난 일, 알고 있지?"

"모르는 게 더 신기한 일 아닙니까?"

나는 바로 본론으로 들어갔다.

"네가 한 일이야?"

소매에서 꺼낸 부채를 촥! 펼쳐 입가를 가린 세희가 말했다.

"그렇게 생각하십니까?"

"잘 모르니까 물어보는 거잖아."

"그런 것치고는 마치 유력한 용의자를 신문하는 형사처럼 말씀하시는군요."

"……그렇게 들렸으면 미안."

나래 덕분에 화는 다 가라앉았다고 생각했는데 말이야.

"그래도 확실하게 하고 싶어서 그래."

"그러면 저도 한 가지 여쭙고 싶습니다."

세희가 화제를 돌리려는 것 같지는 않다.

"뭔데?"

"주인님께서는 아말리엔보르 성에서 일어난 일이 그릇된 일이라 생각하십니까?"

"그걸 말이라고……."

"사상자는 없습니다. 피해 입은 시설은 요술을 사용하면 일주일 안에 제 모습을 찾을 겁니다. 아마, 이미 복구 작업에 들어갔겠지요. 민간인들에게는 보강 공사 중이라 정보 통제까지 진행되었습니다. 그럼, 다시 한 번 묻겠습니다."

세희가 부채를 접었다.

나는 세희의 표정을 읽을 수 없었다.

"주인님께서는 아말리엔보르 성에서 일어난 일이 그릇된 일이라 생각하십니까?"

내 대답은 달라지지 않았다.

"그래."

내가 대답을 하는 순간.

"그렇습니까. 저 역시 그렇게 생각하실 거라 알고 있었습니다."

"너, 인……."

세희가 살짝 입술을 움직였기에 나는 말을 멈췄다.

"그럼 저는 아직 못 다한 일이 있기에 자리를 비우겠습니다."

그렇다고 이 녀석의 입에서 내가 바라는 대답이 나올 리가 없지만.

"그럼 왜 온 건데?"

"주인님께서 제 이름을 너무 간절히 부르시기에 무슨 일이라도 생겼나 싶어 급히 돌아온 것이라서 말이죠."

"이것도 급한 일 아니냐? 잘못하면 국제 문제로……."

아직 내 말이 안 끝났는데 세희가 고개를 꾸벅 숙이며 말했다.

"그럼 저는 이만."

도망칠 생각이다!

"아니, 그러니까, 야!!"

급하게 손을 뻗어 보았지만 내게는 연기를 잡을 만한 재주 같은 건 없다.

"……망할 녀석."

사람 골머리 썩게 만드는군.

＊ ＊ ＊

나는 에레나를 만나러 사랑방으로 향했다. 세희의 짓이든 아니든, 그것과는 별개로 에레나가 걱정되는 건 사실이니까.

집에서 내쫓아야 할 녀석을 걱정한다는 게 조금 웃기지만, 이건 어디까지나 인도주의적인 측면에서 그런 거다.

응. 인도주의적인 측면.

문 앞에 선 나는 들어가기 전에 노크를…… 하려다가 전통식 문이라 그냥 이름을 부르는 게 낫다는 생각이 들었다.

그런데 뭐라고 부르지?

야? 이건 너무 친근하지 않나?

에레나? 이것도 좀 이상하니까…….

"안에 있어?"

안 부르기로 했다.

"성훈인가?"

"그래, 들어가도 되냐?"

"잠시 기다려 달라."

"어."

이성(異性)이 방에 들어온다고 하면 뭔가 정리하고 싶어지니까 말이야.

나는 이제 모르겠지만.

자신만의 장소가 사라졌다는 씁쓸함에 잠시 먼 산을 보고 있자니 안에서 에레나의 목소리가 들려왔다.

　"이제 들어와도 괜찮다."

　"그래."

　나는 문을 옆으로 밀었다.

　그리고 그대로 잠시 서 있었다. 그런 나를 보며 에레나가 어딘가 불안한 기색으로 말했다.

　"왜 그러는가? 뭔가…… 이상한가?"

　내가 살고 있는 할아버지 댁은, 이제는 거의 우리 집 취급하고 있지만 기본적으로 한옥이다. 사람이 살기 편하게 리모델링되어 있기는 하지만.

　그런데 에레나의 임시 방은 어느새 개조되어 한옥의 느낌이 전혀 안 난다. 있다면 내가 옆으로 밀고 들어왔던 문 정도겠지.

　잠깐 사이에 어떻게 개조되었냐면…….

　먼저 바닥에는 양탄자가 깔려 있다. 그리고 방 한쪽 자리를 킹사이즈의 침대가 차지하고 있다. 하늘하늘한 반투명 커튼이 달려 있는, 동화 속의 공주님에게나 어울릴 법한 침대가.

　그래, 뭐. 여기까지는 그렇다고 치자. 에레나는 외국인이니까 침대가 아니면 잠들기 힘들다거나, 양탄자가 안 깔려 있으면 싫을 수도 있으니까.

　하지만 그게 문제가 아니다.

　"당연히 이상하지."

　에레나가 방을 둘러보고 불안해하며 말했다.

"그, 그 정도인가?"

나는 먼저, 어째서인지 한쪽 벽에 그 존재를 과시하고 있는 벽난로를 가리켰다.

"저건 뭐냐."

"이제 곧 겨울이 오지 않는가? 그때를 위해 설치한 것이다."

나는 방에서 나가 사랑방의 지붕을 보았다. 주의 깊게 보지 않아 몰랐던 굴뚝이, 한옥 지붕에 달려 있었다.

나는 방으로 돌아와서 벽난로의 위를 가리키며 말했다.

"그리고, 너. 나래한테 불만 있냐?"

거기에는 커다란 곰의 박제가 벽에 달려있었다.

에레나가 고개를 흔들며 말했다.

"저것은 내가 열 살 때, 사람들을 해친 식인 곰을 사냥한 것을 기념 삼아 만든 박제다. 곰의 일족과는 상관없는 것이다."

앞으로 너를 부를 때는 열 살에 곰을 잡은 에레나라고 불러주마.

"그러면 저건 뭔데?"

거기에는 한옥의 전통 창문이 아닌, 커튼이 달려 있고 스테인드글라스로 꾸며진 창문이 있었다.

에레나가 그걸 보고는 턱을 들며 자랑하듯 말했다.

"예쁘지 않은가? 여덟 살 때 내가 직접 만든 것이다."

능력도 좋아라.

"그럼 이건."

나는 벽을 툭툭 두드렸다.

"벽이 너무 횅해 보여 붙인 것이다."

통나무를 말이죠.

그것 말고도 벽에 걸려 있는 에레나의 갑옷과 검과 방패가 신경 쓰였지만, 넘어가자.

중요한 건 이 사랑방이 한옥의 일부분이 아닌, 어디 산속의 별장같이 변했다는 거니까.

머리가…… 아파.

나중에 할아버지가 돌아오시면 나는 뭐라고 해야 하는 걸까. 에레나는 돌아가기 전에 이걸 원상태로 되돌리고 갈까?

……안 하겠지. 세희에게 한소리 듣게 생겼군.

고민이 두통으로 변해 머리를 때리려고 할 때.

에레나가 내 눈치를 살피며 말했다.

"조금이라도 고향과 비슷하게 만들려고 손을 본 것이다. ……마음에 들지 않는가?"

그 마음은 이해한다. 갑자기 이역만리 외국에 왔으니까 자기 방 정도는 익숙한 대로 꾸미고 싶어질 수 있지. 하지만 이건 정도를 넘었잖아.

하지만.

"아니, 뭐. 그건 그렇고."

이것으로 확실하게 알게 된 것들은 있다.

"그 쪽에는 별일 없나 보다?"

에레나의 마음에 여유가 있다는 것. 즉, 에인헤랴르 쪽에 별문제가 없다는 걸 확인했다는 말이다.

화제가 바뀌자 에레나가 표정을 고치고서는 고개를 끄덕였다.

"그렇다. 재정적인 문제가 조금 있었지만, 그것도 신원 미상의 자본가에게 원조를 받아 해결되었다."

다행이다, 라고 생각하고 있을 때.

에레나가 세일러복 치마의 양쪽을 잡고는 살짝 펼치며 무릎을 굽히고 고개를 숙이며 말했다.

"요괴의 왕의 도움에 감사한다."

……응?

"잠깐만. 나?"

자세를 바로 한 에레나가 고개를 끄덕였다.

"그러하다. 나는 그 자본가가, 사정상 이름은 밝힐 수 없지만 자신은 요괴의 왕의 수하라 밝히고, 이것은 모두 요괴의 왕의 영광을 위해서라 전해 들었다."

내 수하라고? 그러니까, 내 부하?

내게 그런 부하가 있……다.

전혀 그렇게 보이지 않아서 잊고 있을지 모르겠지만, 우리 집에는 내 가족인 동시에 부하라고 부를 만한 녀석이 한 명 있다.

강세희.

그 녀석에게 갑자기 인류에 대한 무한한 사랑이 중동의 유전처럼 폭발하듯 솟아오른 건 아닐 테니, 분명 뭔가 꿍꿍이가 있을 거다. 그렇게 생각하는 게 자연스럽다.

세희는 무슨 생각이지?

……갑자기 다음과 같은 가설이 떠올랐다.

세희가 에레나를 내쫓기 위한 계획의 일환으로 아말 뭐시기 성을 무너뜨렸다. 죽거나 다치는 사람이 있으면 내가 이성을 잃을 정도로 화를 낼 테니까, 조심해서. 그리고 요괴의 왕을 언급하며 원조를 함으로써 에인헤랴르 쪽이 나한테 빚을 지게 만든다.

그리고 이것을 이용해 에레나가 돌아가게 만드는 데 이용한다.

안 돌아가는 머리를 열심히 돌려 세운 가설이지만, 꽤 그럴듯하다.

"요괴의 왕."

나는 잠시 생각을 옆으로 치워 버렸다.

그러고 보니 내가 생각에 잠겨 있을 때, 에레나도 뭔가 계속 내 눈치를 살피며 고민하는 것 같았는데. 지금은 마음을 굳힌 느낌이고.

"왜."

"요괴의 왕인 너에게 사과할 것이 있다. 받아 주겠는가?"

……골치 아픈 일이 나도 모르게 더 있었나. 여기서 귀찮은 일이 늘어나는 건 사양인데.

"뭔데 그래?"

에레나는 말을 하기 앞서 허리를 90도로 숙였다.

"너에게 왕답지 못하다고 말한 것. 진심으로 사과한다."

아…… 아침의 일 말인가. 나한테 꼭두각시 같고, 왕답지 않다고 말했던 거 말이지. 지금까지 잊고 있었다. 내 경고를 무시하고 다시 한 번 그런 소리를 하면, 랑이에 대한 내 사랑이 다른 방식으로 드러나게 될 경우 얼마나 무서워지는지 깨닫게 해 주면 될 일이니까.

나는 괜찮다고 말하려고 했지만, 에레나가 정중하게 사과를 하고 있는 모습을 보니 좀 놀려 주고 싶어졌다.

"뭐야. 도움 좀 받았다고 그러는 건 너무 속물적인 것 같은데?"

"그렇게 생각해도 할 말이 없다."

……너무 저자세로 나오니까 장난치는 맛이 없네.

"하지만 아말리엔보르 성의 재건축 비용은 상상을 넘는 것이다. 그런 거액을 아무런 대가 없이 기부하는 데에는 큰 결단이 필요할 것이다."

아니, 세상에 공짜는 없으니까 아마 그 대가를 얻어 내려고 할 거다.

만약 내 가설이 맞는다면 말이지.

"그리고 그 모든 것을 요괴의 왕에게 돌렸다. 이것은 쉬운 일이 아니다. 그런 선택을 하기 위해서는 왕으로서 믿음과 덕망이 있어야 가능한 것이다. 그런 너를, 나는 짧은 식견으로 판단하고 비하한 것이다."

그런 말을 하기에는 에레나의 표정이 너무 진지하다. 지금은 일단 듣고만 있을까…… 하는 생각을 하고 있는데 말이다.

"그, 그러니까 말인 것이다."

에레나가 얼굴을 붉히고 힐끗힐끗 한쪽에 있는 침대를 시야에 걸치는 걸 보니, 가만히 있어서는 안 될 것 같다.

"나, 나는 아직 마음의 준비는 안 되었지만, 네가 바라는 것을 해, 해도 된다.”

응. 역시 경험이 사람을 성장시키는구나.

“아니…….”

“괜찮다!”

이쪽이 괜찮지 않거든?

그런 짓을 했다가는 랑이는 천지가 무너져라 울고, 나래는 숨기고 있던 발톱을 꺼내 들고, 냥이는 담뱃대로 후려갈길 거고, 치이와 폐이는 혐오 가득한 시선을 보낼 거고, 아야는 내 간을 빼먹을 거고, 바둑이는 그러거나 말거나 나비를 쫓아다닐 테니까.

성의 누나?

가슴에 손을 올리고 슬퍼하는 미소를 지으며 ‘조금 마음이 아프네요.’라는 말로 내 죄책감을 자극해 삶의 의욕을 사라지게 만들 것 같다.

그런 내 상황을 모르는 에레나는 각오에 찬 목소리로 내게 말했다.

“이, 이, 입맞춤 정도는 아무 것도 아니다! 나는 마음의 준비가 끝났다.”

이러면 안 되겠지만.

인간적으로 이러면 안 된다는 것을 알지만.

나는 싸늘한 눈으로 에레나를 바라보았다.

“히끅?”

딸꾹질은 왜 하는데?

에레나가 가슴을 몇 번이나 쳐서 딸꾹질을 가라앉히고 간

신히 말을 꺼냈다.

"다, 다, 다, 다른 걸 원하는 것인가?"

그렇다고 놀란 게 어디 가는 건 아니지만.

"아니."

"그렇다면 그…… 마, 만지는 것까지 괜찮은 것이다!"

"아니라니까."

"소문은 들어 알고 있다! 너와의 약혼이 성사된 순간, 언젠가 이런 날이 올 거라 각오도 한 것이다!"

그런 것치고는 두 다리가 바들바들 떨리고 있는데 말이다.

"자…… 자! 오는 것이다!"

에레나는 그렇게 말하고는 두 팔을 벌리며, 고개를 위로 들고서, 눈을 질끈 감고 작은 입술을 앞으로 내밀었다.

나는 마음속으로 깊은 한숨을 내쉬었다.

내게는 이 상황이 나쁘지만은 않다. 이 녀석을 제 발로 나가게 만들기 위해서 평소 하던 행동을 하겠다고 했으니까. 그래도 뭐랄까…….

죄책감, 아니, 죄악감이 드네.

그래도 할 거지만.

나는 에레나의 가늘지만 탄탄한 어깨를 왼손으로 잡았다.

"하윽?!"

그것뿐인데 에레나는 사시나무 떨듯이 떨었다. 아래를 보니 치마 아래로 드러난 새끼 사슴 같은 다리의 무릎이 맞닿아 있다. 뒤쪽에서 살짝 누르면 그대로 주저앉아 버릴 것 같다.

하아…….

아무리 그래도 이건 아니지.

나는 에레나의 입술에 손가락을 튕겼다.

"아얏?"

깜짝 놀라서 눈을 뜬 에레나가 자신의 입술을 두 손으로 가리고 얼굴을 붉히며 말했다.

"내, 내가 생각한 입맞춤과는 다, 다른 것이다."

"당연히 다르겠지."

나는 허공에 대고 손가락을 튕겼다.

그제야 자신이 무슨 일을 당했는지 깨달은 에레나가 눈을 동그랗게 떴다.

"여, 여자의 각오를 모독한 것인가?!"

여자는 무슨 여자. 좋게 봐도 소녀다. 넌. 내가 보면 단순한 꼬맹이고.

그것도 겁먹은 꼬맹이.

"각오고 뭐고, 할 생각 없다."

지금은.

이 녀석한테 정이 들기 전에 뭔가 하긴 해야 하니까. 그때는 정말 괴롭겠지만 마음잡고 할 거다.

하지만 겁에 질린 에레나에게 그런 짓을 하려면 나에게도 어느 정도 마음의 준비가 필요해!

미래의 나여, 힘내라!

그렇게 미래의 나에게 짐을 떠맡긴 나는 현재의 문제를 처리하기로 했다.

"거짓말하지 마라. 남자는 모두 그런 생각으로 가득 차 있지 않은가?!"

이 녀석을 말이야.

"······너는 남자를 뭐라고 생각하는데?"

에레나가 반 발자국 뒤로 물러나면서 말했다.

"아버님께서는 남자는 모두 짐승이라고 하신 것이다. 틈을 보이면 뼛속까지 잡아먹는다고 하셨다."

팔불출이군. 나도 그런 아버지가 있었으면 인생의 흑역사가 줄어들지 않았을까.

"그걸 믿냐?"

"그럴 리가 있나! 나는 애가 아닌 것이다!"

아무리 봐도 애다.

그런 생각을 가득 담아 바라보자 에레나의 기세가 죽었다.

"하지만······ 아버님의 말씀이 이상해서······ 스스로 찾아본 것이다."

"······뭘?"

귓불을 붉힌 에레나가 말했다.

"이, 있지 않은가! 나, 남자와 여자의, 그, 그런 관계를 모두 보여 주는 것이!"

머릿속에 떠오른 것이 있었다.

"······야. 네가 말하는 게 설마 그건 아니겠지?"

에레나가 시선을 피하고서는······ 살짝 고개를 끄덕였다.

아이고! 이것이 정보화 시대의 폐해인가!

아니, 네가 나이가 몇 살인데 그런 걸 봐?! 나도 중학생이 된 다음에야 그런 세계가 있다는 걸 알게 됐다고!

"아버님의 말씀이 옳았던 것이다. 그, 바, 방식은 다르지만, 지, 지, 집어넣……."

"아니, 됐으니까. 그만해라."

더 이상 듣다가는 내 여리고 여린 정신이 못 버틸 테니까.

나는 한숨을 쉬고 상대적으로 어른인 입장에서 에레나의 잘못된 상식을 고쳐 주기 위해 입을 열었다.

"그리고 거기서 나온 게 정상은 아니야. 그런 건 남성의 판타지가 가득 담겨 있는……."

"나는 바보가 아니다! 그런 것은 알고 있다!"

아, 그러냐.

"처음에는 손을 잡고, 그 다음에는 입을 맞추는 것 아닌가?!"

모른다. 나는 정상적인 연애를 해 본 적 없으니까.

"하지만 결국 마, 마, 마지막은 결국 그것이지 않은가?!"

모르지. 나는 거기까지 간 적이 없으니까.

"그 시기를 앞당길 각오를 한 것이다. 그런데 왜 내 결정을 무시하는가?!"

뭐가 그리 분한지 눈에 물기까지 글썽글썽하다. 툭 건드리면 쏟아질 것 같이 보인다.

……쯧.

이런 게 내 나쁜 버릇이라는 것은 알고 있다. 말 그대로 오지랖이 넓어.

하지만 어쩔 수 없다. 눈앞에서 힘들어하는 아이를 보고 있으면, 손을 뻗고 싶다. 그 손을 잡아 주고 싶다. 이끌어 주지 못한다면, 하다못해 그 옆에라도 있어 주고 싶다.

왜냐하면 나에게 그런 사람이 있었고, 있고, 앞으로도 있을 테니까.

그들이 내게 내밀어 준, 내밀어 줄 손이 잘못되지 않았다는 것을 증명하기 위해서라도 나는 에레나에게 손을 내밀어야 한다.

에레나가 스스로 돌아가게 만들어야 한다는 건, 잠시만 잊자.

나는 에레나에게 말했다.

"그렇게까지 할 필요가 있어?"

에레나는 물기에 젖어 있지만, 그럼에도 확고한 신념이 느껴지는 눈동자로 나를 바라보며 고개를 끄덕였다.

"있다."

"말해 줄 수 있냐."

에레나는 입을 다물었다.

예전에 회장이 보여 줬던 것이 떠올랐지만, 에레나에게는 맞지 않겠지. 에레나의 강한 의지가 엿보이는 눈동자를 보면 그런 생각이 든다.

그래서 나는 조금 비겁한 수를 꺼냈다.

"네 약혼자로서 알고 싶은 거다. 약혼자라면, 그 정도는 알 권리가 있는 거 아니야?"

몇 번 이야기를 나눠 봐서 알게 되었다. 에레나는 의무와 권리, 그리고 책임이라는 단어에 민감하게 반응한다. 만난 지 하루밖에 안 됐지만, 알 수 있었다.

나 역시 그런 놈이니까.

내 예상대로 에레나는 고심하는 눈치다. 당연히 이야기하기 싫겠지. 그 이유를 말하라는 건, 에레나가 억지로 내 약혼녀가 된 이유를 말하라는 거다.

좀 더 노골적으로 말하면, 에인헤…… 랴르에서 강요를 받아 요괴의 왕에게 팔려 온 이유를.

나를 만난 지 하루밖에 안 된 것은 둘째치고, 에인헤랴르의 치부를 말해 달라는 말과 다를 바 없다.

그래도 나는 들어야겠다.

가벼운 스킨십에도 바들바들 떠는 여자애가 무슨 일을 당할지 모르면서도 내 곁에 남아 있으려 하는 이유를.

고심 끝에 에레나가 입을 열었다.

"요괴의 왕."

"왜."

"이 이야기를…… 아무에게도 말하지 않을 것을 약속할 수 있는가?"

나는 고개를 끄덕이며 대답했다.

"그래."

"정말인 것이다?"

"그래."

"……알겠다."

에레나가 숨을 고르고, 내게 말했다.

"요괴의 왕, 강성훈. 너로 인해 세계가 변하고 있다."

요괴가 존재한다는 것이 세상에 알려졌으니까.

"지금까지 네가 요괴, 우리들이 몬스터라 부르는 것들이 실존한다는 것은 백성들에게는 숨겨진 사실이었다."

백성이라는 단어가 걸리지만 일단 계속 듣고 있자.

"하지만 너로 인해 더 이상 요괴가 실존한다는 것을 숨길 수 없게 되었고…… 백성들은 혼란에 빠졌다."

나 역시 그 일면을 본 적이 있다. 폐허가 되어 버렸던 우리 집을 통해서.

"지금은 많이 진정이 되었으나, 오히려 그렇기에 불안감이 생긴 것이다."

그들의 생활 자체는 달라진 것이 없다. 달라진 것이 있다면 그들의 세상에 대한 인식뿐이다.

하지만 그것만으로 사람은 두려움에 빠지게 된다.

간단한 예를 들어 보자.

방 안에 서로를 모르는 두 명의 사람이 있다. 그 상태라면 별 긴장감 없이, 사교성이 있는 사람이라면 상대에게 말을 걸고 잡담을 나눌 수도 있을 것이다.

하지만 한 사람의 주머니에 총이 있다는 사실을 다른 사람이 알게 된다면? 그때도 그럴 수 있을까?

지금의 세계가 그런 것이라고 에레나는 말했다.

그건 나도 알고 있다. 그렇기에 인간과 요괴가 서로를 알아 가게 만들고, 같이 살 수 있는 세상을 만들기 위해 노력하고 있는 거고.

에레나가 말을 이었다.

"그렇기에 나는 내 조국과 백성들이 이 혼란한 시대에서 안심하고 살 수 있도록 만들기 위해 너와의 약혼을 결심한 것이다."

"……."

"……다른 이유도 있었지만."

혼잣말에 대해 물어볼 이유도 없다.

모두 이해했으니까.

에레나의 이야기를 간단하게 요약하면 자기 나라의 국민들을 위해 나와의 약혼을 결심했다는 말이 된다.

나는 손으로 입을 가렸다.

허허허허.

으허허허허허허.

화가 나서 웃음이 다 나오네. 지금이라면 이런 일을 만든 어머니한테 무작정 화를 낼 수 있을 것 같다.

그 다음에 죽도록 맞거나, 정신이 너덜너덜해질 때까지 내 주장을 논파당하거나 하겠지만.

물론, 나는 그런 끔직한 일을 감수할 정도로 에레나에게 어떠한 감정을 가지고 있지는 않다. 오늘 처음 보다시피 한 녀석이고, 그리 친해지지도 않았다.

이 녀석은 이해관계가 얽힌 단순한 타인이다.

그래도 화가 나는 건 화가 나는 거다.

나와 에레나의 약혼이 가지고 올 결과는 분명히 이상적이다.

많은 사람들이 요괴에 대한 걱정을 덜고, 조금이라도 더 안심하며 살 수 있겠지.

에레나라는 어린 여자애의 희생을 통해.

그런 평화에 의미가 있을까?

있다.

누군가의 희생이 없는 평화란 존재하지 않으니까.

하지만 이건 희생이 아니다.

이건 강요다.

에레나는 자신이 선택했다고 생각하고 있지만, 내가 보기에는 아니다. 상황이 선택을 강요했을 뿐.

마치, 랑이가 그리했던 것처럼.

……그렇다면 나는 어떻게 해야 할까?

어떻게 하긴 뭘 어떻게 해.

결론은 이미 나와 있었고 무슨 행동을 해야 할지도 정했고, 그 뒤처리까지 완벽하다.

나는 단지 에레나가 마음의 각오를 한 이유만을 알아냈을 뿐이다. 내가 다른 방법으로 도와줘야 할 일이 있다면 도와줄 생각이었지만 그런 것도 아니다.

단지 그것뿐이다.

달라진 건 아무것도 없다.

한 가지 마음에 걸리는 게 있다면, 내가 에레나를 돌려보낼 방법을 생각해 냈을 때. 그때 세희가 지었던 미소의 의미를 알게 되었다는 거다.

그 녀석, 분명 '잘도 되겠다, 이 멍청아.' 같은 생각을 했을 거야. 그만큼 이 녀석이 짊어지고 있는 짐이 상당히 무거우 니까.

내가 생각한 방법으로는 될 것 같지가 않다. 될 것 같지가 않은데…… 시도조차 안 하고 두 손 들었다간 무슨 욕을 들을지 모른다.

자기가 한 말은 지켜야 하잖아.

해 보고 안 되면, 그때 세희에게 이야기하자.

해야 할 이야기도 많고 말이야.

나는 생각을 정리하고 에레나를 보았다.

"……이, 이제 좀 대답을 들려주지 않겠는가."

……생각이 너무 길었습니다.

"잘 알았어. 네가 그런 각오를 하고 있다는 걸."

이제 에레나를 침대 위로 넘어뜨린 다음에, 그 위에 올라타서 이렇게 말하면 된다.

'그럼 네 각오가 얼마나 대단한지 확인해 볼까? 흐흐흐흐.'

그러면 에레나는 이렇게 말하겠지.

'무, 무슨 짓인가?! 그, 그래도 이런 일은 시간을 좀 더 둬야…….'

'그런 건 네 사정이고. 난 지금 네 탐스러운 속살을 맛보고 싶어서 못 견디겠다. 크크크크, 정말 어린아이는 최고야.'

이렇게 말하면서, 세일러복을 위로 올리고 이제 막 부풀기 시작한 앙증맞은 가슴을 손으로 주무르면 된다.

'사람들을 위해 참아 보라고. 참을 수 있다면 말이지.'

그렇게 말하며 치마 속으로 손을 넣어 허벅지부터 시작해서 엉덩이까지 타고 올라가면 된다.

그런 상황에서도 에레나가 나를 밀거나, 거부하지 않으면 그때는 더한 짓을 하면 된다. 예를 들면, 혁대를 풀어 휘두른다거나.

그래도 안 된다면 나의 패배.

그야말로 완벽한 계획이다.

"하아……."

내가 양심만 없었더라면 말이지.

"……왜 그러는가?"

에레나가 나를 걱정스러운 눈으로 올려다본다.

"아니, 음, 그게 말이지."

네가 약혼한 이유를 말해 줬는데, 그걸 약점 삼아 교도소에서 30년은 썩어야 할 악질 범죄를 어떻게 저지를지 생각하다 보니까, 나 스스로가 쓰레기 같아져서 그런다.

나는 그런 생각을 숨기며 말했다.

"너도 꽤 고생이 많다고 생각해서."

에레나는 내가 신경 써 줄 거라고는 생각하지 못한 것 같다.

"네, 네가 위로해 줄 게 아닌 것이다! 이것은 의무와 책임을 지기 위한 나의 선택이다!"

에레나가 부끄러움을 숨기기 위해서 목소리를 높였다. 평소라면 농담이라도 건넸겠지만, 마음속의 죄책감의 영향을 받아 나는 내 생각을 솔직하게 말했다.

"신경 쓰는 게 아니야. 나도 일단 요괴의 왕이고, 가장이기도 해서 그 책임과 의무라는 게 얼마나 무거운지 알거든. 뭐,

그런 거다."

만약 우리 가족이 없었다면, 나는 이미 무너지지 않았을까.

……세희는 좀 오묘한 입장이니까 넘어가자. 그 녀석은 내 발목을 잡는 건지, 등을 밀어주는 건지, 손을 잡고 끌어 주는 건지, 발로 걸어차는 건지, 팝콘을 먹는 건지 모르겠으니까.

"……."

그런데 에레나의 반응이 좀 이상하다. 고개를 숙이고 한쪽의 많은 머리카락을 손가락으로 빙글빙글 돌리고 있는데, 이거 이상한 거 맞지?

"……이, 이런 것인가."

"뭐가?"

내 질문에 에레나가 화들짝 놀라서는 말했다.

"아니, 아무것도 아닌 것이다! 드라마의 한 장면이 떠오른 것뿐이다!"

아마도 그 장면은 악당과 악당에게 괴롭힘당하는 여자 주인공이 나오는 부분이 아닐까 싶다.

"뭐, 뭘 그렇게 보는 건가?!"

안 그러면 에레나가 저렇게 눈에 힘을 주고 나를 볼 리가 없으니까.

"왜 그래?"

내 말에 에레나는 새빨갛게 얼굴을 물들이고서는 소리치듯 말했다.

"새, 생각할 것이 생겼으니 나가 주기를 바라는 것이다!"

우리 집이지만 여자애 방이다.

나는 순순히 에레나의 말을 들어줬다.

* * *

잠시 아이들과 놀아 주다 보니 해가 산마루에 걸리고, 배에서 공복을 알리는 소리가 났다.

그렇기에 나는 치이와 페이를 깨우러 방으로 들어갔다.

"······어이구."

꼴이 말이 아니군.

생각해 보면 나는 치이와 페이, 두 녀석이 자는 모습을 본적이 없다. 같이 잔 적은 있었지만 말이야······.

이 녀석들이 이렇게 잠버릇이 심했나?

나하고 잘 때는 이렇지 않았던 것 같은데. 나름대로 같이 잔다고 긴장하고 잔 걸지도 모르겠군.

그러니까 까막까치 녀석들이 어떻게 자고 있는지를 간단하게 이야기해 보면.

치이가 페이를 안고 자는 베개로 삼고 있었다.

"으······."

치이의 품에 꼬옥 안겨 있는 게 불편한지 허스키한 목소리로 페이가 신음을 흘린다. 치이는 그런 소리는 안 들린다는 듯이 한층 더 페이를 끌어안고, 그거로는 모자라다는 듯 목덜미에 얼굴을 묻고 볼을 비비기까지 한다.

"하우우우······ 거긴 안 되는 거예요······."

무슨 꿈을 꾸는 거냐, 이 녀석아.

"오라버니……."

그리고 거기서 왜 내가 나와.

치이는 거기서 그치지 않고 한쪽 다리로 페이를 휘감고는 좀 더 바싹 달라붙는다.

"으으으……."

페이가 인상을 찌푸리며 몸을 돌려 도망치려고 하지만, 알다시피 치이가 페이보다 힘이 더 세다.

꼼짝도 하지 않는다. 오히려 치이에게 등을 보인 덕분에 뒤에서 끌어안긴 꼴이 되었다.

"켁."

거기까지는 좋은데 가슴의 밑부분을 휘감은 치이의 팔 때문에 페이가 호흡이 좀 곤란해진 것 같다. 페이의 가슴이 위로 들리면서 평소보다 부각된다.

……매일 이렇게 자는 건 아니겠지.

그보다 새끼 까마귀 한 마리가 잠든 채로 비명횡사하시겠다. 깨우자.

"치이야. 치이야, 일어나. 저녁 먹을 시간이다."

나는 치이의 어깨를 잡아 살짝 흔들었다. 몇 번을 더 흔들자 치이가 페이를 풀어 주고 일어나 앉아 눈가를 비볐다.

"아우…… 우우?"

아직 잠에서 덜 깼는지 멍한 목소리다. 잠옷도 어깨 한쪽이 내려갔고. 나는 잠옷을 제대로 입혀 주며 말했다.

"괜찮아? 좀 더 잘래?"

"오라버…… 니?"

"처음 보는 것도 아닌데 왜 그래."

"아…… 아직 꿈꾸고 있는 건가요."

아니다.

"그러면…… 더 해 주시는 거예요."

넌 도대체 무슨 꿈을 꾸고 있던 거야.

어떻게 하면 이 녀석이 기분 나쁘지 않게 잠에서 완전히 깨게 만들 수 있을까 생각하고 있을 때.

"헤헤헷."

치이가 내 품에 안겨 왔다. 두 팔로 나를 감싸 안는다. 거기까지라면 잠에서 덜 깬 치이도 귀엽다고 생각하겠지만…….

야. 너 왜 남의 등을 그렇게 어루만지냐? 은근슬쩍 옷 속으로 손 넣지 말라고.

나래에게 애들 보는 앞에서는 그런 짓 하지 말라고 이야기해 둬야겠네.

나는 치이의 등을 토닥이면서 말했다.

"치이야, 잠 깨라. 지금 꿈꾸고 있는 거 아니니까."

"무슨 말씀…… 이신 건가요, 오라버니…….."

페이에게 그랬던 것처럼 내 가슴에 얼굴을 비비며 조금이라도 더 몸을 밀착시키기 위해 애쓴다. 나는 치이에게 잠시후에 있을 일에 대해 마음속으로 유감을 표하면서 말했다.

"꿈 아니라고."

"……."

"너무 자면 밤에 잠도 못 자고, 밥도 안 먹으면 몸에 안 좋으니까 깨우러 온 거야."

"……."

"이제 정신이 좀 들었냐?"

내 품에 안긴 치이가 딱딱하게 굳었다. 움직이고 있는 건 맹렬하게 위아래로 흔들리고 있는 치이의 귀 윗 머리카락밖에 없다.

아직 꿈속이라고 생각해서 한 짓들이 떠오른 거겠지. 우리 부끄럼쟁이 치이를 위해서 오라버니가 힘 좀 써야겠다.

나는 치이의 엉덩이를 툭툭 두드리며 말했다.

"아이구…… 우리 동생님은 알고 보니 잠버릇이 심하셨네."

"꺄우우우우우우~~!!"

나는 치이가 잡아 던지는 베개를 피해 방 밖으로 도망쳤다.

잠시 후.

"진짜 오라버니는 너무하신 거예요!"

잠은 다 깼지만 아직도 얼굴이 새빨개져 있는 치이가 내게 화를 냈다.

"뭐가."

"깨우러 왔다면 깨우러 왔다고 말씀해 주셔야 되는 거예요!"

"난 이야기했다. 삼라만상이 증인이라고."

치이가 팔꿈치를 허리에 대고 작은 주먹을 꽉 쥐며 귀 윗 머리카락을 파닥이면서 말했다.

"제가 못 들으면 안 되는 거잖아요!"

"그래그래. 다음에는 좀 더 잘 깨워 줄게."

치이의 어리광에 답례로 살짝 삐쳐 있는 머리카락을 다듬어 주고 있자니, 뒤에서 목덜미를 어루만지고 있던 페이가 글을 썼다.

[좋은 건 다 챙겼으면서 무슨 소리인지 모르겠음.]

치이가 보지 못하도록 자기 머리 위에.

"잘 잤어?"

페이가 고개를 흔들었다.

[통나무에 눌리는 꿈을 꾼 거…….]

"그, 그러냐."

[치이하고 둘이서 자면 가끔 그럼.]

통나무가 말했다.

"아우우우? 그게 무슨 말인 건가요?"

치이에게 자각은 없는 것 같다. 하긴, 자기 잠버릇을 알고 있는 사람은 드물지. 누가 말해 주지 않는 이상.

그런 생각을 하면서 페이를 보자 고개를 흔들었다.

말하지 말라는 건가.

[치이, 부끄럼쟁이. 나하고 둘뿐일 때만 그럼.]

그건 오빠 입장에서 조금 질투 나는 말이지만…… 그래도 동성 친구하고 나하고 비교하는 건 말이 안 되지.

"둘 다 무슨 이야기인 거예요?"

치이가 눈을 동그랗게 뜨고 나와 페이를 번갈아 본다. 페이가 어깨를 으쓱거리며 글을 썼다.

[치이는 몰라도 되는 이야기.]

"제 이야기인 거잖아요?"

폐이가 엄지를 세우며 글을 썼다.

[모르는 편이 더 귀여움.]

치이의 표정을 보아하니 폐이의 엄지를 잡아 뒤로 꺾고 싶어 하는 것 같다.

그런 일을 막기 위해, 나는 치이와 폐이가 잠들어 있는 동안에 있었던 일들을 간략하게 이야기해 줬다. 그 이야기를 들은 치이와 폐이는.

"······."

[ㅍ_ㅍ]

참으로 내 마음이 따듯해지는 시선을 보내왔다.

"왜."

"오라버니가 그럴 리 없는 거예요."

[동감. 그물에 걸린 고기를 놓아줄 리 없음.]

이 녀석들은 나를 어떻게 생각하고 있는 건가.

"보나마나 그런 걸 핑계로 에레나한테 야, 야한 짓을 마구마구 할 생각만 있는 거예요!"

[가슴이 큰 애인 나하고 치이. 가슴이 작은 애인 랑이하고 성린. 평범한 애인 아야. 가슴이 큰 어른 나래, 성의 언니. 이 멤버로도 모자란 거임?]

그렇다고 친절하게 알려 줄 필요 없다.

특히, 폐이 너.

허공에다 알몸의 가슴 사이즈 비교 측면도를 그릴 필요는 없다고.

폐이가 언급하지 않은 녀석도 있지만, 살고 싶다면 넘어가고.

[참고로 어른으로 변하면 이렇게 됨.]

"호오, 그렇군."

내가 고개를 끄덕이자 치이가 고개를 갸우뚱거리며 뒤를 돌아보았다.

"뭘 보시는…… 꺄우우우?!"

노골적으로 묘사된 그림에 치이가 귀여운 비명을 지르며 그림을 연기로 되돌린다.

[뭘 부끄러워 함? 이미 볼 거 안 볼 거 다 본 사이.]

"그래도 이건 아닌 거예요!"

치이야, 일단 전제 자체를 부정해라.

"그, 그것보다 오라버니!"

내 머릿속에서 페이가 그린 그림을 지우려는 듯, 치이가 황급히 말을 걸었다.

"왜? 어른이 되면 페이보다 가슴이 커지는 치이야."

"꺄우우우우!!"

치이가 나와 페이에게 발차기를 날렸다. 세계를 노리기에는 턱없이 부족해서 간지러울 뿐이었다. 오히려 팬티를 볼 수 있어서 좋았다고 해야 하나.

[까아아악---!!]

같은 요괴이며 믿을 수 있는 친구인 페이에게 향한 뒤돌려차기에는 용서가 없었지만.

나는 먼 하늘을 향해 날아가는 페이가 별이 되기 전에 돌아오기를 기도하는 마음으로 바랐다.

"이상한 이야기는 그만하는 거예요!"

"알았어."

그러는 사이에 까마귀 한 마리가 날아와서 펑! 하고 페이로 변했다.

[아픔.]

"그러면 그런 그림은 그만 그리는 거예요!"

페이가 눈높이에 맞춰 뱅글뱅글 안경을 그리고서 땀 닦는 시늉을 하며 말했다.

[후욱, 후욱. 안 된다능. 성훈하고 치이하고 내가 어른이 되는 일을 하는 그림을 그리기 전에는 그만 둘 수] "히익?!"

페이가 정말로 밤하늘의 별이 되기 전에 나는 치이의 허리를 한 손으로 끌어안아 들어 올렸다. 치이의 사슴같이 매끈하지만 코끼리보다 강한 다리가 허공을 쳤다. 거기서 분 바람에 페이의 한쪽 갈래 머리카락의 밑부분이 잘려 나간 걸 보면, 이번에는 진심이었던 것 같다.

[……위, 위험했음.]

"오라버니? 이거 놔주시는 거예요."

바동거리지도 않고 가만히 있는 걸 보니까 정말 화가 난 것 같다.

"놔주겠냐."

나는 두 팔로 치이의 허리를 잡아 위로 올리면서 페이에게 눈짓을 보냈다.

[미안해, 치이. 그런 농담 안 할게.]

허리 굽혀 사과하는 페이를 가만히 노려보던 치이가 한숨을 쉬었다.

"……정말인 건가요?"

[응, 응.]

"알겠는 거예요."

그제야 나는 마음을 놓고 치이를 내려놓았다. 치이가 흥!
하고 팔짱을 꼈지만 페이는 상관하지 않고 달라붙으며 글을
썼다.

[치이, 착함. 정말 착함.]

"그런 말해도 화 안 풀리는 거예요."

내가 보기에는 예전에 풀린 것 같은데 말이다. 왜 그렇게
화가 났는지는 잘 모르겠지만, 어쨌든. 조금 전에 있었던 일
을 치이의 기억 속에서 지워 주기 위해서, 나는 아까 전부터
하고 싶은 말을 꺼냈다.

"그건 그렇고 말이다."

"아우우우?"

[……?]

치이와 페이가 약속이라도 한 듯이 나를 보았다.

"에레나한테 그런 짓을 하는 건 어디까지나 계획의 일환이
니까. 혹시라도 이상한 생각하지 마라."

이러니까 꼭 애인한테 변명하는 사람 같군.

"……."

[-_-]

아, 그래.

내 말이 틀린지 너희들이 틀린지는 결과가 말해 줄 거니까.

그러기 위해서 이제 에레나를 부르러 갈까. 점심때는 사랑

방에 따로 상을 차려 줬지만…….

혹시라도 에레나만 따로 상을 받는다는 게 밖에 새어 나갔을 때는 내 입장이 곤란하게 될지도 모르니까. 응. 그런 이유다.

절대로 치이와 페이의 시선에서 도망치기 위해서나, 에레나한테 정이 들었다거나, 혼자 밥 먹는 게 신경 쓰인다거나 하는 게 아니야. 애초에 나도 유치원, 초등학교, 중학교, 고등학교 시절에는 혼자 밥 먹는 경우가 많았는걸. 그러니까 난 혼자 밥 먹는 게 얼마나 편한지 알고 있어.

……가끔, 아주 가끔씩 외로웠지만.

어쨌든, 치이와 페이에게 먼저 가서 기다리라고 말을 하자. 다시 말하지만 도망치는 거 아니다.

나는 엄지로 사랑방 쪽을 가리키며 말했다.

"그럼 나는 잠깐……."

하지만 내 말은 입에서 나오다 말았다. 그런 나를 이상하다는 듯이 치이와 페이가 올려다보았다.

"아우우우?"

[왜 그럼?]

"아니, 별건 아니고."

치이와 페이가 내 시선을 따라 마당을 보았다.

그곳에는 갑옷 차림으로 검과 방패를 들고 있는 에레나와 개집…… 이 아니라, 자신의 집 앞에 앉아서 늘어지게 하품을 하고 있는 바둑이가 있었다.

"아우우우? 둘이 뭘 하는 건가요?"

[……별로 좋은 분위기는 아닌 것 같음.]

내가 보기에도 그렇다.

정확히 말하면 에레나만.

나는 혹시나 하는 생각에 치이와 페이에게 먼저 가 있으라는 말을 건네고 마당으로 내려갔다.

바둑이와 에레나에게 가까이 다가가자 목소리가 명확하게 들렸다.

"전에 못 다한 승부를 내는 것이다!"

"하아아암…… 졸려요…….."

바둑이가 눈물이 살짝 맺힌 눈가를 비비는 걸 보니 정말 아무런 관심도 없이 졸린 것 같다.

그도 그럴 게 바둑이가 이빨을 보이는 건 적의를 드러내는 사람뿐이니까.

에레나는 전에 못 다한 승부를 보고 싶어 하는 것 같지만.

"목숨을 건 결투까지는 바라지 않는 것이다. 나는 네 주인의 약혼녀고, 너에게는 번견으로서의 의무가 있으니까! 하지만 서로의 실력을 확인하는 것 정도는 괜찮지 않은가?!"

열성적으로 말하는 에레나와 반대로, 바둑이는 전혀 관심이 없어 보인다.

"그런데 당신은 누구예요?"

정말로 관심이 없었다.

"에레나다! 발키리 에레나인 것이다! 그때 나와 만나지 않았는가!"

바둑이가 고개를 갸웃거리며 말했다.

"언제요?"

"으으으으으~!!"

"오늘 아침에 처음 본 것 같은데요."

"으으으으으으으으으으~~!!!"

"그보다 저녁밥은 아직 멀었어요?"

"으으으으으으으으으으으으으으~~~!!!!"

"안 그래도 부르려던 참이다. 슬슬 밥 먹을 준비해라."

나는 에레나가 안쓰러워져서 끼어들었다.

에레나는 바둑이에게 정신이 팔려서인지 지금까지 내가 등 뒤에 있다는 걸 몰랐던 것 같다.

"지금 그게 중요한가?"

"알겠어요!"

바둑이와 에레나의 반응과 행동이 엇갈렸다. 바둑이는 더 이상 할 이야기가 없다는 듯 쌩~ 하니 손을 닦으러 수돗가로 향했고, 그 모습을 보며 에레나는 분에 찬 모습으로 날 올려다보았으니까.

남이 보면 내가 잘못이라도 한 것 같겠군.

"왜 방해하는가?!"

"밥 먹을 준비하라는 것도 방해냐."

"조금만 더 이야기를 나눴다면……."

"바둑이 성격상 잠들었을 거다."

바둑이라면 그럴 수 있다.

"으그윽."

에레나는 신음을 흘리며 시선을 내리깔았지만, 그렇다고 바둑이와의 승부를 포기한 기색은 아니다. 만약을 위해서라도 확실히 못을 박아 두는 게 좋겠군.

"괜히 바둑이하고 싸울 생각하지 마라. 저래 보여도……."

"알고 있는 것이다."

에레나가 내 말을 가로막았다.

"그날 이후, 바둑이에 대한 조사도 해 보았고, 내가 못 이기다는 사실은 알고 있는 것이다."

"……그러면 왜 덤비는데?"

에레나가 말했다.

"너는 승리를 장담할 수 있을 때만 승부를 거는가?"

생각 같아서는 고개를 끄덕이고 싶은데 말이야. 내가 지금까지 해 온 짓들을 생각하면 그럴 수가 없다는 게 슬프다.

매번 승리는 고사하고 최악의 상황을 피하기 위해 승부를 걸어왔던 나니까.

그래서 나는 논점을 피했다.

"그 마음은 이해하겠는데 말이야. 우리 집에서는 마음대로 싸우는 건 안 된다. 싫으면 우리 집 대문이 활짝 열려 있다는 걸 떠올려 줘."

"싸우는 게 아니다. 결투다."

그 두 가지에 어떤 차이가 있는지 머리에 뇌뿐만이 아니라 근육까지 없는 나는 잘 모르겠다. 그래서 나는 TV로 본 어른들의 행동을 따라 하기로 했다.

"결투도 금지다."

내가 이렇게 딱 막을 거라고는 생각 못 했는지 에레나가 안색을 굳히며 말했다.

"그, 그런 것이 어디 있는가?!"

"다시 한 번 말하지만, 여기는 우리 집이고, 내가 가장이고, 로마에 가면 로마법을 따르라고 했고, 나는 싸우는 걸 싫어해."

"그러니까……."

"정확히 말하면, 누군가 다칠 수 있는 일이 벌어지는 걸 싫어한다. 알겠어?"

에레나가 고개를 돌리며 불만 섞인 목소리로 말했다.

"겁쟁이."

……뭐, 그런 소리를 들어도 이상할 건 없지. 나는 에레나를 이해한다. 냥이를 데려올 때의 일을 생각하면, 에레나는 어린 나이에도 요괴들을 관리하거나 제압하는 일을 하고 있는 것 같으니까.

나는 모든 요괴들이 우리 아이들처럼 착하다고 생각하지는 않는다. 내가 겪은 일도 있었고, 가끔씩 올라오는 서류에는 요괴들끼리 싸움을 벌여 상대를 죽이거나, 잡아먹었다는 내용도 있었고…….

자신의 영성을 기르기 위해 인간 수십 명을 잡아먹은 것이 들통이 나, 곰의 일족에게 살해당했다는 보고도 있었으니까.

그런 요괴들을 상대해 왔던 에레나에게 나는 겁쟁이로 보일 수도 있다.

하지만 말이지.

"인간과 요괴가 더불어 사는 세상을 열기 위해서는 내가 겁쟁이인 편이 더 나아."

나는 입을 다문 에레나를 뒤로하고 어깨를 으쓱거리며 먼저 안방으로 들어갔다.

＊　＊　＊

오늘의 저녁은 평소와는 조금 달랐다.

"……."

"……."

덕분에 랑이는 한눈에 알 수 있을 정도로 실망해서 꼬리를 추욱 늘어뜨린 채 밥상을 바라보고 있다.

그에 비해 냥이는 표정엔 그다지 드러나 있지 않지만, 꼬리로 바닥을 치면서 신경질적인 반응을 보이고 있다.

그도 그럴 게 말이지.

"한동안 너무 고기만 먹었으니까 오늘은 채소도 좀 먹어."

이렇게 말하면 상을 차려 준 나래에게 실례겠지만, 밥상이 풀밭이었거든.

아니, 나야 아무거나 잘 먹으니까 상관없다. 나물도 좋아하고, 두부조림도 좋아하고, 샐러드도 좋아하고, 어쨌든 다 잘 먹는다. 무엇보다 나래가 해 준 반찬인데 불만이 있을 리가 없잖아?

"흐냐아아…… 고기…… 고기가……."

"호랑이는 굶주릴지언정 풀을 먹지 않는다는 말도 모르는 것이냐."

하지만 육식 동물인 호랑이 녀석들은 다르겠지.

특히 냥이가 눈에 불을 켜고 나래에게 말했다.

"이러다가 우리 흰둥이가 영양실조라도 걸려서 쓰러지면 어쩌려고 하느냐?!"

나래가 미소 지었다.

"고기 한 끼 안 먹는 것 가지고 영양실조 같은 건 안 걸려."

"흥! 과연 육중하고 멍청하기로 이름 높은 곰이나 할 수 있는 말이로구나."

나래의 눈썹이 꿈틀거린 건 육중이라는 단어에 반응한 거겠지.

곰과 호랑이 싸움에 끼어들면 흔적도 남지 않는 게 인간이기에, 나는 시선을 슬쩍 돌렸다.

에레나가 앉아 있는 쪽으로.

에레나는 따로 혼자 상을 받았는데, 이건 나래의 배려……배려겠지?

나는 배려라고 생각한다.

일단 우리 집에 머물게 되었지만 몇몇 아이들은 그리 에레나를 좋게 보지 않으니까.

특히 아야가.

덕분에 나는 오늘만큼은 아야를 내 품에 안은 채 밥을 먹기로 했다. 에레나가 신경 쓰여서 밥을 제대로 못 먹거나, 체하기라도 하면 문제니까.

"키히힝~♥"

덕분에 반찬이 평소와 다르다는 것도 상관없는 눈치다. 아니, 원래 여우는 잡식성이라서 그런가?

그건 그렇고, 다시 에레나에 대한 이야기를 다시 하자면.

"흐흥~"

에레나는 머리 위에 음표(♬)가 보이는 게 아닐까 할 정도로 즐거워하고 있다. 시선이 밥과 반찬에서 떨어지지 않는 걸 보니⋯⋯.

아무래도 한식이 꽤나 마음에 든 눈치다. 어디까지나 내 예상이지만, 드라마에서 계속 봐 온 한식에 대한 로망이 있는 것 아닐까.

그 모습이 천진난만한 어린아이 같으니까 이유는 상관없지만.

중요한 건 따로 있다.

"저기, 나래야."

웅호난무(熊虎亂舞)에 끼어들고 싶은 마음은 없지만 그래도 확인은 해 봐야지.

"응? 왜 그러니, 성훈아?"

순식간에 화사한 꽃을 피우고서 대답한 나래를 보는 냥이의 인상이 찌푸려졌다.

"내가 이래서 곰의 일족과는 상종을 하지 않으려는 것이니라."

나래도 분명히 들었겠지만 별 신경을 쓰지 않는 눈치다. 다행이라고 생각하며 나는 나래에게 두 가지 의미를 가진 질문을 말했다.

"세희는?"

첫 번째 질문.

온 가족이 모이는 식사 시간이건만, 세희의 모습이 보이지 않는 이유를 알고 있는지.

그 외에도 안 보이는 녀석이 하나 더 있긴 하지만, 워낙 그럴 때가 많이 있으니 넘어가자.

두 번째 질문.

오늘 저녁은 나래 혼자서 차렸는지에 대한 확인.

내 질문에 나래는 어깨를 으쓱거리며 말했다.

"자기는 할 일이 있다고 해서."

나래가 두 가지 질문을 한마디로 대답해 주었다.

다시 말하면, 세희에게 랑이의 식사에도 신경 쓰지 못하고 자리를 비울 만한 일이 생겼다는 말이 된다.

"……알았어."

나는 고개를 끄덕이는 것과 함께 그쪽 일에 대한 건 나중으로 미루었다.

"그럼 밥 먹자."

다 먹고살자고 하는 일이니까 말이야.

때는 이때다 하고 어리광을 부리는 아야의 식사 시중을 들며 저녁을 먹은 후.

나는 마당의 구석으로 향했다. 하루 동안 몇 번이나 이곳에 오는지 모르겠군. 그래도 조용히 이야기를 나누려면 이곳만큼 좋은 곳이 없다.

어디까지나 내 예상이지만, 내가 여기에 있으면 부르지 않는 이상 오지 않는다는 규칙을 아이들끼리 암묵적으로 세운 것 같으니까.

그래서 나는 안심하고 세희를 불렀다.

"무슨 일이십니까, 주인님? 평소라면 안주인님, 혹은 다른 분들과 함께 즐거운 한때를 즐기실 시간입니다만."

정장을 입고 안경을 쓴 세희가 귀신처럼 내 옆에 나타났다.

……흐음.

의아한 점을 머릿속에서 잠시 옆으로 밀어 두고 나는 세희에게 말했다.

"궁금한 게 있어서."

"오늘따라 저를 많이 찾으시는군요, 주인님."

세희가 안경을 벗어 정장 가슴 부분의 주머니에 걸치며 말을 이었다.

"지금은 그 인간에게 신경을 쓰셔야 할 때라 생각합니다만."

"그러고는 싶은데, 그런 말도 있잖아."

예전에 들은 사자성어를 인용하려고 하는 순간.

내 뇌가 기능을 정지했다.

"무슨 말씀 말입니까?"

"……잠깐만 기다려 봐."

안의 일을 해결해야 밖의 일에도 걱정이 없다, 같은 말이었는데. 그게 뭐였지? 분명 내우…… 내우 뭐였는데.

뇌가 근질근질한 기분에 고통 받고 있을 때, 세희가 입꼬리를 살짝 올리며 말했다.

"혹시라도 내우외환을 말씀하시고 싶으신 겁니까?"

효자손이 따로 없네!

"그래! 그거! 내우외환!"

나와 달리 세희의 표정에는 깊은 구름이 끼었다.

"……주인님. 내우외환은 나라 안팎의 여러 어려움과 근심 거리라는 뜻입니다. 주인님께서 하시고 싶은 말씀과는 거리가 있어 보입니다."

쥐구멍을 찾고 싶어졌다.

"……그, 그러네."

무지에 대한 수치심에 얼굴이 붉어지려는 걸 참으며 나는 말했다.

"그러면 집안일을 먼저 해결해야 밖의 일을 잘할 수 있다, 라는 뜻을 가진 사자성어는 뭔데?"

세희는 빙긋 웃었다.

"제가 가르쳐 드릴 것 같습니까?"

……역시 넌 남을 괴롭히는 데 일가견이 있다니까.

그래도 내가 하고 싶은 말을 세희에게 할 수 있었다는 건 다행이다.

"어쨌든 그런 거다. 에레나에 대한 일보다 너한테 확인해 봐야 할 일이 있어."

"잠시 자리를 비운 것에 대한 말씀이십니까?"

나는 고개를 끄덕였다.

"무슨 일 있었어?"

세희는 고개를 저었다.

"오히려 그 반대입니다. 일이 벌어질 것 같기에 급히 자리를 비운 것입니다."

"그래?"

처음 보았을 때 든 의문을 풀 때는 지금인 것 같다.

"그 옷은 그래서 입은 거야?"

"여인의 옷차림에 대한 평가를 입에 담을 수 있는 것은 칭찬, 혹은 예찬을 할 때뿐입니다."

"아니, 평소에는 한복만 입고 다니는 네가 갑자기 정장을 입고 있으니까 이상해서."

"주인님께서 업무를 보고 계실 때도 입고 있습니다만."

"내가 지금 일하는 것처럼 보이냐."

"저를 부르신 것도 업무 중의 하나 아니십니까?"

그 한마디에 세희와의 거리가 멀게 느껴졌다.

"……아니, 그런 건 아니야."

"그러면 무엇이십니까."

그 목소리도 차갑게 느껴진다.

"궁금해서."

세희가 표정을 굳히고 진지한 목소리로 내게 말했다.

"주인님."

"왜."

"제 이름, 기억하고 계십니까?"

"세희, 강세희잖아."

세희가 한숨을 쉬는 것과 동시에 표정을 풀며 말했다.

"다행입니다, 주인님. 제 이름을 기억하실 정도의 기억력은 가지고 계시는군요."

세희에게 또 놀아났습니다.

"그런데 왜 낮에 나누었던 이야기는 기억 못 하시는 겁니까."

아직도 놀아나고 있지만.

"너는 작은 일이라고 했지만…… 그 작은 일 때문에 랑이의 저녁도 준비 안 하고 간 건 이상하다고 생각돼서."

"……."

세희의 시선이 아프다.

"왜."

"제가 냥이 님으로 보이십니까?"

해석 : 나는 냥이만큼 랑이를 과보호하지 않는다. 그런데 식사 준비 한 번 빠진 거에 너는 왜 그렇게 과민 반응이냐.

"말씀드리지 않았습니까. 저 나름대로 작은 준비를 해도 되겠냐고."

그랬다.

"주인님께서도 허락하신 일입니다."

그랬지.

"그런데 왜 그렇게 꼬랑지에 불붙은 망아지처럼 구시는 겁니까."

할 말이 없습니다.

"주인님께서는……."

세희는 잠시 주저하다 말을 이었다.

"주인님께서 하셔야 하는 일이나 제대로 하시지요."

다행이 할 말이 생겼다.

"아니, 그게 말이지……."

변명이긴 하지만.

"해 보려고 했는데, 그 녀석이 스킨십에 내성이 너무 없어서……."

"없어서?"

"내가 어깨에 손을 올렸을 뿐인데 너무 겁을 많이 먹어서……."

"먹어서?"

"뭔가 제대로 하기도 전에 이래도 되는 생각이 들어서……."

"들어서?"

"너무 죄책감이 든다고 해야 하나. 아니, 죄책감이면 다행이지. 인간으로서 해서는 안 되는 짓을 하고 있다는 생각에 내 마음 깊은 곳에 잠들어 있던 양심이 깨어나서 나에게 죄악감이라는 이름의……."

"그래서 뭡니까."

눈매가 날카로워진 세희에게 나는 고개를 숙였다.

"미안. 아직까지 제대로 한 게 아무것도 없다."

그럴 만한 기회는 몇 번이나 있었지만, 나는 그때마다 핑계를 대며 아무 짓도 하지 않았다.

스스로 정한 일이지만, 그럼에도 할 수 없었다.

세희가 한숨 쉬는 소리가 그 어느 때보다 크게 들린다.

"주인님께서는 선을 행할 줄 알면서도 행치 아니하는 자는 죄를 짓는 것과 같다는 유명한 말도 모르십니까?"

나는 고개를 들었다.

"전제가 이상하지 않아?"

"선이라는 것은 개개인의 가치관에 따라 다릅니다. 저의 경우에는 그 인간을 내쫓기 위한 행위가 선이라 할 수 있지요."

그야 말로 궤변 중의 궤변이지만 여기서 딴죽을 걸어 봤자 돌아오는 건 진실로 이루어진 언어폭력이다.

욕먹은 범죄자처럼 입 다물고 가만히 있자니 세희가 다시

한 번 내게 들으라고 한숨을 내쉰 뒤 말했다.

"알겠습니다. 주인님께서 어린 여자아이에 한해서 4대 성자와 같은 마음가짐을 가지신다는 것은 익히 알고 있었던 사실."

"내가 언제……."

"성인 여성의 입장에서 차별당한 경험을 기반으로 말씀드리는 겁니다. 입 다물고 계시지요."

찌릿 하고 노려보기에 입 다물기로 했다.

조금 찔리는 구석도 있고.

"그러니 이번에는 조금 도움을 드리도록 하겠습니다."

웅녀의 요청으로 비디오를 찍었던 때가 떠올랐다.

"아니, 괜찮아. 내가 알아서 할게."

"누군가 말을 할 때 진정성이 있는지 알아보려면 그자가 살아온 삶을 보라 했습니다."

나도 안다. 내가 아침부터 지금까지 한 짓이 없다는 건.

그렇다고 해도.

"그런 일을 또 겪는 건 사양하고 싶다고."

지금 생각해도 참 어이없는 고백을 하기도 했고, 서울에 올라가서도 요술이 풀리지 않은 덕분에 변태 같은, 아니, 변태 짓을 해 버리기까지 했다.

그런 일은 두 번 다시 사양이다.

"주인님. 오늘 밤은 달이 밝을 것 같습니다."

세희의 말에 나는 하늘을 바라보았다. 해가 저 산 너머로 몸을 숨겨 가고, 세상에 어둠이 내려앉으려 하고 있었다. 밝은 별들은 이미 모습을 드러냈고 수줍은 달도 내게 그 모습을 드러내고 있다. 그곳에 구름은 보이지 않았다.

나는 세희를 보았다.

"그래서?"

"얼마 멀지 않은 곳에 작은 연못이 있습니다. 밤이 되면 연못에 가셔서 자신의 모습을 달빛에 비추어 보시고, 지금 하신 말씀을 생각해 보신 뒤, 순간의 감정에 몸을 맡기시기 바랍니다."

이해하는데 시간이 좀 걸렸다.

"그러니까 오늘 하루 제대로 한 것도 없는 주제에 그런 말을 한 자신의 말을 떠올린 뒤, 수치심을 견디지 말고 연못에 빠져 죽으라는 거지?"

세희가 일부러 고개를 갸웃거렸다.

"작은 연못이라 말씀드리지 않았습니까?"

"접시 물에 코 박혀서 죽는 것도 인간이다."

"그렇게 되기 위해서는 뒤에서 머리를 짓누르는 사람이 있어야 합니다. 도와 드립니까?"

웃으면서 그런 말 하지 마. 내가 협박에 굴복하는 것 같이 보이니까.

"……다른 식으로 도와줘라."

"알겠습니다, 주인님."

세희는 싱긋 웃으면서 내게 요술을 걸었다.

"Open Your Sadism."

……이번에도 그거냐. 다른 게 있다면 그때보다 뒤에 붙은 단어가 그냥 넘어가기에는 상당히 흉흉하다는 것?

"야. 그 사디즘이라는 단어. 꽤 위험한 거 아니냐?"

"맞습니……."

세희가 말을 하다 말고 두 눈을 동그랗게 뜨며 말했다.

"세상에! 주인님께서 Sadism의 뜻을 아시는 겁니까?"

……사실 정확한 뜻은 모른다. 그냥 출처를 말할 수 없는 방식으로 알게 된 영어 단어라, 그게 어떤 느낌인지만 대충 알고 있을 뿐.

그런 생각을 하고 있는 나를 세희가 한심한 눈으로 바라보고 있었다.

"주인님."

"모, 모를 수도 있지! 영어는 암기 과목이잖아! 난 머리가 나쁘다고!"

세희가 코웃음을 치고는 말했다.

"Sadism은 상식 수준의 영어 단어입니다."

넌 나를 그렇게 몰상식한 놈으로 만들어야겠냐.

사실이 그렇지만.

"하지만 지금은 한낱 영어 단어의 뜻이 중요한 게 아니지요."

세희가 화제를 돌리는 게 눈에 보였지만 나는 따라 주기로 했다.

"그러면?"

"제가 주인님께 건 요술에 대한 설명을 간단히 드리는 것이 중요합니다."

나는 고개를 끄덕였다. 적어도 내게 걸려 있는 요술이 어떤 건지는 알아야 하니까.

"제가 건 요술은 밤이 될 즈음에 효과가 있을 겁니다."

그러고선 세희가 빙긋 웃었다.

"또한. 이번에는 주인님께서 제 요술이 필요 없다 여기시는 순간 효력이 다하도록 조정하였습니다. 주인님께 도움을 드리고도 언짢은 취급당하는 것은 아무리 저라 해도 싫은 일이니까 말이죠."

여기서 세희에게 미안하다고 말하는 건 이 녀석한테 당해 본 적이 별로 없는 사람뿐이겠지.

나는 의심에 가득 찬 눈으로 세희를 노려보며 말했다.

"미안하긴 한데, 그런 이유가 다가 아니지?"

세희가 소매에서 YES라고 적힌 베개를 꺼낸 뒤 다시 집어넣었다.

"역시나 닳고 닳은 주인님이시로군요."

"날 닳도록 굴린 당사자가 그런 말 하지 말고. 그래서 뭔데?"

세희가 말했다.

"오늘 밤 안에 끝을 보시라는 말입니다."

그 내용이 너무 황당해서 나는 잠시 말을 잃었다.

"야, 잠깐만. 그 녀석 오늘 아침에 왔잖아?"

"주인님께서는 오늘 아침에 드렸던 말씀도 기억 못 하시는 것 같습니다."

머리에 떠오른 것은 트로이의 목마.

"⋯⋯아무리 나라고 해도 하루 만에 정이 들지는 않아."

"그러니 오늘까지라는 것입니다. 이틀이면 충분히 정을 쌓으실 분이, 다름 아닌 주인님이시니까 말이죠."

살아온 삶 때문에 부정할 수가 없다.

어느 정도 자각도 있고.

"아시겠습니까, 주인님. 오늘까지입니다. 만약 오늘 안에 불가하신다면, 저는 제가 준비한 일을 실행에 옮길 것입니다."

세희의 목소리는 차가웠고 단호했다. 이 이상 양보해 줄 수 없다는 강한 의지가 느껴질 정도다.

그래도 할 말은 해야 한다.

"그래도 너무 짧아."

"저로서는 주인님의 사정을 많이 봐 드린 겁니다."

세희가 빙긋 미소 지으며 말했다.

"특별 취급을 받고 계시는 주인님께서도 제가 인간을 혐오하고 있다는 것은 익히 알고 계시는 사실 아닙니까?"

그러니까 왜 그렇게 인간을 싫어하는데?

그 말이 목구멍까지 올라왔다가 사라졌다.

세희가 짓고 있는 미소의 뜻은 질문에 대한 거절. 그것도 강한 거절이었으니까.

나는 이번에도 그 벽을 넘어설 수 없었다.

"……알았어. 오늘 안에 어떻게든 해 볼게."

세희가 미소를 지우며 말했다.

"믿고 있겠습니다, 주인님. 저는 아직 못 다한 일을 마치러 이만 자리를 비워야 하니까요."

아마도 에레나를 돌려보내거나, 아니면 에레나가 돌아간

뒤의 뒤처리를 위한 일. 혹은 그 두 가지를 위해서겠지.

"……괜찮은 거야? 내가 도와줄 건 없냐?"

세희가 피식 웃으며 나를 보았다.

그 표정을 설명하자면, '풋, 네가?' 정도 되겠군. 이거에는 나도 좀 화났다.

나는 휙 몸을 돌리며 말했다.

"걱정해 줄 필요는 없는 것 같네."

그런 내 귓가에 바람이 스쳐 지나가듯 세희의 목소리가 들렸다.

"다른 것은 필요하지만 말이죠."

"응?"

무슨 말인지 물어보기 위해 다시 몸을 돌렸을 때.

세희는 이미 없었다.

＊　＊　＊

아이들과 놀아 주는 것은 꽤나 체력이 필요한 일이다. 하지만 이건 역으로, 아이들 역시 자신의 체력을 모두 노는 것에 쏟는다는 말이 된다.

"더…… 더 놀 것이니라아아……."

"크응…… 하나도, 안 졸…… 리거든?"

랑이와 아야는 그런 말을 했지만, 그건 결국 슬리핑 메시지가 되어 버렸다. 나는 랑이와 아야를 나래와 성의 누나에게 맡겼다. 치이와 페이는 아직 풀지 못한 여독 때문에 잠자

193
세 번째 이야기

러 간 지 오래고, 성린은 아직도 꿈속에서 벗어나지 못했거든. 성의 누나에게 이야기를 들어 보니 내일에야 일어날 수 있다고 한다.

"응?"

찌뿌듯한 몸을 펴며 나온 마루에는 내가 랑이와 노는 모습이 꼴 보기 싫다고 제 발로 걸어 나갔던 냥이가, 기둥에 한쪽 어깨를 기댄 채 곰방대를 입에 물고 밤하늘을 바라보고 있었다.

"쯧."

고개를 돌려 내가 나온 걸 본 냥이가 혀를 차고서는 다시 달을 바라보았다.

가는 말이 고와야 오는 말이 고운 법이다.

"넌 뭘 그렇게 분위기 잡고 있냐?"

"운치도 모르는 것이 말 걸지 말거라."

몇 개월 전까지는 평범한 남자 고등학생이었던 내가 운치를 알면 그것도 이상하지 않을까.

하지만 냥이의 시선을 따라 내 시선도 그곳을 향했을 때, 나도 그 운치라는 걸 조금은 알 것 같았다.

밤하늘에 떠 있는 달은 크고, 밝았으며, 아련했으니까.

나는 말했다.

"달이 아름답네."

"콜록, 콜록!!"

냥이가 갑자기 기침을 했다. 왜 저래, 저 녀석. 담배 때문에 그런가?

"야, 괜찮냐?"

내 질문에 냥이는 사나운 눈빛으로 답해 주었다.

"누구 때문에 그러는지 알기나 하느냐?!"

"응?"

마치 나한테 원인이 있다는 듯 말하고 있다. 왜? 나는 그냥 달이 아름답다고 말했을 뿐인데.

그 모습을 보고 냥이는 흥! 하고 고개를 돌려 다시 밤하늘을 올려다보며 지나가듯 말했다.

"하긴, 알루미늄 호일로 싼 음식을 전자레인지에 돌리는 네 녀석이 그런 것을 알 리가 없으리라."

그러면 폭발한다는 걸 모를 정도로 멍청하지는 않다고.

"그래서 왜 그렇게 우수에 차 있는데?"

"날이 어둡다고 눈까지 어두워졌느냐."

"눈이 어두워도 네가 기운이 없다는 것 정도는 알 수 있다고."

꼬리가 추욱 내려 있으니까 말이다.

"……흥!"

사실을 지적당해서 할 말이 없는지 냥이가 코웃음 치고는 입을 다물었다. 나는 슬쩍 그 옆에 앉았다.

그렇게 달구경을 하고 있자니, 냥이가 짜증 나는 음색으로 내게 말을 걸었다.

"넌 여기서 뭘 하는 게냐."

"미래의 처형에게 잘 보이려고 하는 게 이상한가?"

밤이라서 그런지 냥이의 눈빛이 더욱 환하게 빛나는 것 같은 기분이 든다. 하지만 아무 말도 안 하는 건, 냥이 나름대로 나와 랑이의 관계를 인정해 주었기 때문이겠지.

그렇게 다시 시간이 흐르고.

결국 냥이가 먼저 입을 뗐다.

"쯧. 끈질기기가 부엌 덕트에 달라붙은 기름때보다 더한 것이로구나."

나는 어깨를 으쓱하는 것으로 대답을 대신했다.

"나는 그저 세상만사 편한 것이 없기에 잠시 달이라도 바라보며 마음을 다스리려 한 것이니라."

냥이가 짜증 난다는 목소리로 말을 이었다.

"궁금증은 풀렸느냐."

"……그래."

나로서는 공감하기 힘든 이야기였다.

내 인생은 편하고 불편하고를 말하기 전에 죽느냐, 사느냐 그것이 문제로다 수준이라서.

그런 생각을 하고 있어서 그럴까. 냥이가 고개를 돌려 나를 내려다보았을 때는 솔직히 뜨끔했다.

"아마도 그건 네놈 탓이 클 것이니라."

"그게 왜 그렇게 되는데?"

"네놈이 요리를 효율적으로 할 수 있는 머리만 있었더라면, 내가 이런 고민은 하지 않았을 테니 말이니라."

……그건 부정할 수 없군.

내가 요리를 좀 한다고 생각하지만 그 과정은 세희나 나래, 그리고 치이와 비교하면 난잡한 정도다. 한 번 쓴 부엌칼이 저리 가 있고, 벗겨 낸 양파 껍질은 싱크대 안에 있고, 다듬은 재료들은 이곳저곳에 널려져 있는 게 기본이니까.

"그럼에도⋯⋯."

냥이의 기분이 조금 나아진 듯, 목소리가 가벼워졌다.

"내 예상을 뛰어넘는 짓을 숨 쉬듯 하는 것이 네놈이란 말이다."

"⋯⋯칭찬이냐, 욕이냐."

냥이는 단언했다.

"욕이다."

칭찬이군.

"그러니 이번에도 잘해 보거라."

나는 냥이가 말하는 것이 단순히 에레나와 관계된 것이 아니라는 것을, 냥이의 눈동자를 통해 알 수 있었다. 냥이의 시선은 그것보다 더 먼 곳을 바라보고 있었으니까.

"그건 또 무슨 소리야?"

"미리 말해 두건데, 나는 이번 일과 관계가 없느니라. 약조에 따라 말릴 수도 없었지만."

"동문서답이잖아."

"때가 되면 알게 될 것이니라."

물어보고 싶은 말은 한가득이었지만 냥이는 더 이상 이야기할 것은 없다는 듯, 몸을 돌려 안방으로 걸어갔다.

나는 그 모습을 가만히 지켜보다가 냥이가 한 말의 뜻을 열심히 생각해 보았다. 하지만 아무리 생각해 봐도 짐작 가는 게 없었다.

무의미한 사고 운동에 하품이 나온다.

⋯⋯잠이나 자자.

어제도 그렇고, 오늘도 그렇고. 하루 동안 너무 많은 일이 있어서 피곤해 미치겠다. 가뜩이나 환절기인데 이러다가 감기라도 걸리는 거 아니야?

정성은 고마웠지만 맛만은 끔찍했던 그 한약을 또 먹는 건 사양인데. 그런 일을 방지하기 위해 나는 내 방으로 들어갔다.

"……."

"……."

나는 잠시 불청객을 바라본 뒤, 머리를 긁고, 문을 열고 밖을 둘러보고, 다시 문을 닫고, 한숨을 쉬었다.

"저녁 먹고 안 보인다 했더니 여기서 계속 기다리고 있었던 거냐."

에레나는 가볍게 고개를 끄덕였다.

어느새 풀어헤친 금빛 머리카락이 사르륵 흘러내렸다. 에레나는 얼굴 앞으로 나온 머리카락을 귀 뒤쪽으로 넘기며 내가 말하기를 기다렸다.

그 모습을 가만히 보고 있자니 어렸을 때 나래한테 뺏어서 다른 의미로 가지고 놀았던 금발 인형이 생각난다.

내 손으로 부숴 버렸지.

그때를 떠올렸기 때문일까, 아니면 에레나를 보았기 때문일까.

나는 내 안의 뭔가가 조금 변한 것을 느꼈다.

그것이 세희의 요술 때문이라는 것을 깨달은 순간, 나는 잠시 그것에 몸을 맡기기로 했다.

더 이상 아무것도 안 했다가는, 잠을 자다가 이상한 기분에 눈을 떠 보았더니 연못 앞일 수도 있으니까.

"왜? 나한테 할 말이라도 있냐?"

"그렇다."

"뭔데?"

에레나가 살짝 얼굴을 붉히면서도 똑바르게 나를 올려다보며 말했다.

"낮에 있었던 일을 기억하는가?"

"그렇게 말하면 어떻게 아냐? 오늘 하루 동안 있었던 일이 한두 개여야지."

개인적으로는 에레나가 온 지 12개월은 지난 것 같은데 아직 하루도 지나지 않았다는 게 놀라울 정도다. 아이들이 많아지고, 신경 써야 할 일이 많아져서 그렇겠지. 덕분에 순간순간은 짧게 느껴지지만 하루하루는 너무나 길게 느껴진다.

그 길고 긴 하루 동안 있었던 일을 떠올리고 있을 때, 에레나가 정답을 말해 줬다.

"그, 그…… 있지 않은가!"

상당히 부끄러워하면서.

"내, 내 이야기를 하기 전에 있었던 일을 말하는 것이다!"

그러니까 그때…… 에레나가 어떤 이유로 약혼을 받아들였는지 듣기 전에 있었던 일이라면…….

그거군.

"네가 나한테 키스해 달라고 졸랐을 때?"

장난기를 가득 담아 말하자 에레나의 얼굴이 새빨개졌다. 입술이 바들바들 떨리는 게 뭐라 반박하고 싶어 하는 눈치지만 생각이 목소리로 나오지 못하는 것 같다. 무릎 위에 올려 놓은 작은 두 손으로 주먹을 쥐며 노력해 보지만 그래도 무리인 것 같다.

조금 도와줄까.

"아하. 그러니까, 지금 나한테 키스 받고 싶어서 다시 온 거라는 말이지?"

"나, 나는 내가 한 말을 지키기 위해서 온 것이다! 그런데 꼭 그런 식으로 말해야 하는가?!"

"그러면 이렇게 말하면 될까?"

나는 길거리의 불량배처럼 에레나 앞에 쭈그려 앉아 눈높이를 맞추고서 비릿한 미소와 함께 말했다.

"입술을 겹치고 혀를 얽힌 채 서로의 타액을 주고받는 애정 행각을 나랑 하고 싶어서 왔다고?"

우와. 내가 생각해도 정말 쓰레기 같다.

"……윽."

안 그래도 새빨개져 있던 에레나가 이제는 원래 피부색을 짐작할 수 없을 정도가 되었다.

"그, 그렇다!"

하지만 그럼에도 내 말을 부정하지 않았다.

"흐음~ 그래?"

쭈그려 앉아 있는 것도 불편하기에 나는 털썩 바닥에 주저앉았다. 에레나가 살짝 몸을 뒤로 뺀 것에 조금 상처 입었지만, 세희의 요술 덕분일까.

금방 신경 쓰이지 않게 되었다. 그저 머릿속에 드는 생각은…….

이 귀엽고 순진한 여자아이를 어떻게 하면 좀 더 재밌게 가지고 놀 수 있을까.

그것뿐.

"자."

나는 내 말뜻을 이해 못 하는 에레나를 위해 입을 벌렸다. 그것뿐이라면 단순히 하품을 하는 것처럼 보일 수도 있었겠지만.

"히이익?"

에레나는 언제 얼굴에 피가 몰렸냐는 듯 새하얗게 변했다. 그러는 사이에서도 나는 열심히 뱀처럼 혀를 움직였다. 에레나는 그 움직임을 보는 것만으로도 충분히 질색하고 있지만…….

조금 아쉽군. 포도 알이나 체리가 있었다면 더욱 기분 나쁘게 할 수 있었을 텐데.

그건 그렇고 슬슬 턱이 아프고 혀도 지친다.

바보 같기고 하고.

나는 입을 다물고 턱을 몇 번 만지고서, 어느새 거리를 벌린 채 나를 겁에 질린 새끼 고양이처럼 부들부들 떨면서 바라보고 있는 에레나에게 말했다.

"뭐 해? 나하고 키스하러 왔다며?"

혐오감과 각오. 그중 후자가 이겼다.

"그, 그렇다!"

"그러면 내가 친절하게 앉아 줬고, 바로 입술만 가져다 대면 자동으로 키스까지 할 수 있게 도와줬는데 왜 가만히 있었냐? 키스하기 싫어?"

내 말에 에레나가 빼액 소리 질렀다.

"징그럽지 않은가!!"

더 징그러운 걸 보여 주고 싶어지는군.

후후, 여기서 나의 바지를 내릴 타이밍인가.

아니, 아니다. 아직은 이르다. 그건 중반에 해야 할 일이다. 자고로 밥은 뜸을 들여야 맛있어지는 법이지.

"그러면 이건 어때?"

턱이 아직 뻐근하기에 이번에는 살짝 입을 벌리고서 혀를 내밀었다. 물론, 내미는 것에서 끝나지 않았다.

"으으……."

그래도 조금 전보다는 충격이 적었는지 에레나는 있는 힘껏 버텨 냈다. 그럴수록 내가 더욱 즐거워진다는 것도 모르고.

여기서 끝나면 그동안 인간으로서의 중요한 욕구를 반강제적으로 억압 받아 온 내가 아니다.

나는 마치 눈앞에 누군가가 있는 것처럼 팔을 두르고 오른손을 아래로 내린 다음 허공을 움켜쥐었다. 에레나 정도의 키라면, 엉덩이가 있을 부분을 말이야.

"히끅?!"

이건 예상 못 했는지 두 손으로 엉덩이를 가리고는 뒤로 슬금슬금 물러났다.

그 거리가 안전해졌다고 판단해서 그런지, 아니면 내가 입을 다물었기 때문인지 에레나가 삿대질을 하며 항의했다.

"그, 그건 아닌 것이다! 그런 것까지는 허락하지 않은 것이다!"

나는 귀를 후볐다.

"뭐래."

"그건 입맞춤이 아니지 않은가!"

이런 순진한 어린애를 봤나.

"세상에 누가 키스할 때 키스만 하나? 남겨진 이 두 손에게도 당연히 즐길 거리를 줘야지."

현란하게 손가락 관절을 푸는 내게 에레나가 말했다.

"드라마에서 본 것이다! 입맞춤을 할 때 손은 언제나 허리에 가 있었다!"

한국방송심의위원회의 방침을 따르지 않으면 TV에 나오지 못합니다.

"그거 말고 다른 거에서는?"

"다른 거라니 무슨……."

음흉하게 웃으며 사회적으로 매장당해도 이상하지 않을 손짓을 하는 나를 보고서는 말뜻을 이해한 것 같다.

"그, 그, 그건 다르지 않은가!"

"현실도 드라마하고는 다르지."

나는 무릎에 팔꿈치를 대고 턱을 괴며 말했다.

"아니면, 뭐야. 넌 그럴 만한 각오도 없이 온 거냐?"

분해서는 앙증맞은 입술을 앙다무는 에레나에게 보란 듯이 한숨을 쉬고서는, 나는 두 다리를 쭉 뻗으며 몸을 뒤로 젖혔다.

그야말로 흥미를 잃었다는 모습이다.

"아, 됐어. 난 싫어하는 애한테 억지로 할 생각은 없으니까."

"으으!!"

분해하든 말든 나는 두 눈을 감고 여유로운 목소리로 말했다.

"하기 싫으면 나가. 슬슬 잘 시간이니까."

이렇게 나오면 에레나 성격상 물러날 수 없겠지.

"하, 할 것이다! 하고 말 것이다!"

예상대로다. 나는 한쪽 눈을 살짝 떠 보았다. 두 다리를 바들바들 떨고 두 손을 가슴께에 모은 채로, 에레나는 조심스럽게 한 발 한 발, 이쪽으로 다가오고 있었다.

정말 조심스러워서 내가 있는 곳까지 오는데 날밤이 샐 것 같다.

나는 고개를 휙 돌리며 지겹다는 듯 말했다.

"아~ 하겠다고 한 사람 화장실 갔나~"

그게 결정타인 것 같다.

"으으으으으으!"

에레나가 신음을 흘리며 내게 성큼성큼 다가와서는, 내 허벅지 위에 걸터앉았다. 하지만 거기까지가 한계였는지 에레나가 덜덜덜덜 몸을 떤다.

순간적으로 죄책감이 치솟아 올랐지만 그것도 한순간. 나의 마음은 바다와 같다. 별 하나 보이지 않는 어두운 밤의 바다 말이지.

"그것뿐?"

내 재촉에 에레나는 이를 악물고 내 허리에 두 팔을 둘렀다. 몸이 가까워지고 작고 부드…… 럽지만은 않은 에레나의 몸이 내 품에 안긴다. 꽤 운동을 했는지 탄탄한, 하지만 그럼에도 아이 특유의 부드러움을 버릴 수 없었던 이율배반적인 체형.

상큼한 치즈향이 나는 작은 몸.

나는 그 맛을 지금 당장이라도 맛보고 싶다는 듯, 혀로 입술을 날름 핥으며 아래를 내려다보았다.

에레나가 두려움이 가득한, 하지만 굳은 각오가 느껴지는 눈동자로 나를 올려다보고 있었다.

에레나가 떨리는 목소리로 말했다.

"눈……."

"응?"

"최소한…… 눈을 감아 주지 않겠는가?"

그건 아마도 순수한 소녀의 마음을 지키기 위한 마지막 선이었겠지.

"싫은데?"

그리고 그 선을 넘는 게 나다.

"내가 네 입술을 처음으로 빼앗았을 때의 네 표정, 내가 네 엉덩이를 쥐었을 때의 너의 반응, 내가 네 가슴을 어루만질 때의 떨림. 그 모든 걸 볼 거다. 그래야 다른 사람들한테 떠들어 댈 수 있으니까 말이야."

"윽……."

에레나는 낮은 신음을 흘리고서는 간절한 목소리로 다시 한 번 말했다.

"부탁…… 하는 것이다."

"흐음~?"

나는 한쪽 귀에 손을 대며 말했다.

"뭐라고? 잘 안 들리는데?"

"제발…… 부탁…… 드립니다……."

이제는 커다란 파란 눈동자가 물기로 젖어 가고 있다. 자신의 처지를 한탄하는 걸까, 아니라면 자신의 마음을 몰라주는 내가 야속한 것일까 잘 모르겠다.

알 필요도 없고 알고 싶지도 않다.

나는 지금의 내 기분을 가득 담은 미소를 지으며 혀를 내밀었다.

"싫~ 은~ 데~"

에레나가 주먹을 움켜쥐었다.

그와 동시에 나는 요술의 영향에서 아주 조금이지만 벗어날 수 있었다.

참지 못한 에레나가 도망치든, 나를 때리든 그 순간 내 계획은 성공한다. 그렇다면 그 순간만은 요술에서 벗어난 채로 받아들여야 하는 것이 나의 책임일 것이다.

하지만 그건 어디까지나 내 생각이었고, 나는 다시 요술을 받아들여야만 했다.

"흑……."

살짝 울음 섞인 신음을 터트린 에레나가 주먹을 쥐었던 손을 펴고서, 손등으로 자신의 눈을 가렸으니까.

에레나가 입술을 살짝 내민 채 점점 내게 가까이 다가온다. 이대로 내가 가만히 있다면 에레나의 바람대로 입을 맞출 수 있겠지.

그래서 나는 살짝 고개를 돌렸다.

에레나의 부드럽고 촉촉한 입술이 뺨에 닿는다. 입술 속에 숨겨져 있던 혀가 내 볼을 찌른다.

그제야 에레나는 자신이 입을 맞춘 곳이 내 뺨이라는 것을 깨닫고서는 다시 뒤로 물러났다. 일보 전진을 위한 일보 후퇴.

에레나가 다시 다가온다.

다른 쪽으로 고개를 돌렸다.

이번에는 혀를 내밀지 않은 것을 보아 자신이 볼에 입을 맞췄다는 것을 깨달은 것 같다.

에레나가 손을 내리고 화가 난 목소리로 외치듯 말했다.

"왜! 왜 피하는 것인가?!"

눈꺼풀을 한 번 깜빡이면 주르륵 눈물이 흘러내릴 것 같다. 아무리 세희의 요술에 걸려 있는 나라도, 그 모습에 죄책감을 느끼지 못하는 건 아니다.

저열한 그 무언가가 그것을 뛰어넘을 뿐.

나는 애써 죄책감을 짓뭉개며 말했다.

"당하는 건 내 취향이 아니라서 말이야."

"그게 무슨…… 꺅?"

나는 에레나의 허리를 끌어안았다. 나와 에레나의 사이가 무엇 하나 들어갈 틈이 없을 정도로 가까워졌다. 얇은 티셔츠 너머로 세일러복 블라우스와 그 너머에 있는, 이제 막 부풀어 오르기 시작한 가슴의 감촉이 느껴진다. 다르게 말하면, 지금 이 순간에는 나도 에레나도 상대방의 표정을 볼 수 없다는 것이다.

그렇기에 나는 감정을 숨기지 않고 얼굴에 드러낼 수 있었다.

"다, 답답한 것이다."

나는 에레나의 우는 소리를 못 들은 척한 뒤, 남은 한 손으로 에레나의 뒷덜미에서 머리카락을 치우고.

"꺄응?!"

목에 입을 맞췄다. 사르륵 흘러내린 머리카락이 코를 간질인다. 그러거나 말거나, 나는 에레나의 새하얀, 우유 맛이 나는 목덜미를 빨아들였다.

"이, 이건…… 키스가……."

에레나의 약간 상기된 목소리가 들린다. 나는 목덜미에서 입술을 떼고 금빛 머리카락 사이에 숨은 붉게 달아오른 귀에 속삭였다.

"싫으면 싫다고 해도 된다."

그리고 아프지 않게 살짝 귀를 깨물었다.

"으읏?!"

그래도 아픔이 조금 강했는지 신음을 흘린다. 미안한 마음을 가득 담아 혀를 내밀어 귓속을 살짝 찌르고, 핥는다. 동시에 에레나의 몸이 움찔 떨린다.

"그, 그건?!"

본능적으로 뒤로 물러나려는 에레나를 한층 더 힘껏 껴안았다. 물론, 하는 행동은 그대로다.

"더럽다! 더러운 것이다!"

에레나가 내 어깨를 잡아 밀었지만, 평범한 어린아이만도 못한 힘이었다.

에레나는 반항하지 않았다.

빌어먹을.

……아직도 모자란 거냐? 네 각오를 꺾으려면 이런 짓으로는 안 되는 거야?

억눌렀던 죄책감이 터져 나오려 한다. 지금 당장 에레나에게 엎드려 빌라고 강요한다.

요술로 죄책감을 외면하는 것도 한계에 다다랐다.

아무리 요술에 걸려 있다 하더라도 나는 나다. 주위에서 나를 보고 희대의 로리콘이라고 노래를 부르지만, 내가 정말 그랬으면 이미 아이들하고 사고를 쳤겠지!

이보다 더한 짓. 예를 들자면 정말 입을 맞춘다거나, 가슴을 만진다거나, 엉덩이를 주무른다거나, 허벅지 사이에 손을 넣는 짓은 못 해!

하지만.

사람은 위기에 빠지면 상상도 못 한 힘을 발휘하거나 기발한 방법을 떠올릴 때가 있다.

그렇다. 지금까지 내가 한 행동은 사람에 따라 사랑하는 연인 사이라면 받아들일 수 있는, 혹은 받아들여 주는 행동이라 생각할 수 있다. 에레나가 지금 열심히 참고 있는 것도 내가 약혼자라는 사실 때문일 것이다. 그런 입장 때문에 참고 견디겠다는 그릇된 책임감이, 에레나의 버팀목이라는 말이다.

그렇다면 상정하지 못한 부분을 공격할 수밖에!

"윽."

나는 짧은 신음을 흘리고 에레나의 귀에서 입을 뗐다. 에레나가 내게 기댄 채 몸에서 힘을 빼고 축 늘어졌다.

"하아, 하아, 하아……."

거친 숨소리가 들리거나 말거나, 나는 퉷 소리를 낸 뒤.

"……아, 진짜 더럽네. 야, 평소에 귀 좀 파라."

다른 방식으로 수치심을 자극했다.

"흐아아아앗!!"

그와 동시에 에레나가 수치심과 분노가 가득 찬 소리를 내며 나를 밀쳤다.

좋았어! 나는 만족스러움을 느끼며 뒤로 데굴데굴 굴렀다. 그런 상황에서도 힘을 억누른 것 같다. 안 그랬다면 벽에 부딪혔을 테니까.

아슬아슬하게 벽에 부딪히기 전에 멈춘 나는 자세를 바로 하고 에레나를 보았다.

"으…… 으으으으으……!"

그렇게 노려보지 마라. 실제로 귀지 같은 건 없었으니까. 오히려 너무 깨끗해서 핥는 맛이……

크흠!

지금 그게 문제가 아니지!

에레나는 내 거짓말에 완벽히 속아 넘어갔는지 분노와 원망과 수치심과 기타 등등, 내가 잘 모르는 감정들이 얼굴을 뒤덮고 있었다.

확실하게 말할 수 있는 건 에레나가 나에게 화가 났다는 것이고, 내가 에레나에게 거절당했다는 점이다.

더 이상 그딴 짓은 하지 않아도 된다.

그 사실을 인정한 순간, 세희가 내게 걸었던 요술의 효과가 사라지는 것을 느꼈다.

죄악감이 솟구쳐 오른다. 미안하다는 말을 하지 않은 건 요행이었다. 엎드려 빌지 않은 건 이를 악물었기 때문이다.

하지만 에레나의 얼굴을 보고서도 그러지 않을 자신이 없기에, 나는 고개를 숙였다.

에레나의 목소리가 들렸다.

"그, 그럴 것까지는 없지 않은가! 나는 말했다! 말한 것이다! 더러울 것이라 말한 것이다!"

아니, 깨끗했다. 랑이의 배꼽만큼이나 깨끗했어. 그런데 거짓말해서 미안하다.

그렇게 말하고 싶었지만, 나는 입을 다물었다.

"아무리 그래도 이건 너무하지 않은가!! 약혼녀, 아니, 사람에 대한 기본적인 예의가 아닌 것이다!"

보지 않아도 알 수 있다.

아마도 에레나는 울고 있을 것이다. 드러내지 않으려 노력하고 있지만 목소리 자체가 물기에 젖은 채 떨리고 있다.

"나는 노력한 것이다! 너를 받아 주기 위해 노력했던 것이다! 그런데! 그런데도 이런 대우는 너무하지 않은가! 나는 너의 약혼녀지, 장난감이 아닌 것이다!"

지금이다. 지금 이 순간을 위해서 세희의 요술을 받아들이고, 죄악감을 죽이고, 그딴 짓을 한 거다.

지금 그 말을 하지 않으면 모든 것이 헛것이 된다.

그래서 나는 말했다.

"그래?"

준비했던 그 말을.

"그러면 나가."

에레나가 숨을 들이마시는 소리가 들렸다. 아무리 기다려도 내쉴 것 같지가 않기에, 내가 도와주기로 했다.

"나한테 너는 장난감이야. 내가 마음대로 가지고 놀 수 있는 인간 장난감, 그 이상 그 이하도 아니라고."

마음에도 없는 이야기를 꺼낸다.

"약혼녀로 있으려면, 장난감 취급당하는 걸 감수해라. 왜, 별거 아니잖아? 너희 나라 국민들을 위해서라면 그 정도는 감수해야지? 안 그래?"

내게 자신의 이야기를 해 줬던 에레나의 모습이 선명하게 떠오른다. 나를 향해 고맙다고 말하며 미소 지었던 에레나의 모습이 떠오른다.

나는 칼로 심장을 도려내는 듯한 죄책감을 가리기 위해 입가를 가리며 작게 웃었다.

"크큭. 그래, 좋은 생각이 났다. 일단 거기서 옷을 벗어. 금발 세일러복도 꽤 좋지만, 역시 여자애는 알몸이 가장 예쁘지. 아, 그리고 말이다. 네 발로 기어서 나한테 와라. 그러면 잔뜩 귀여워해 줄 테니까."

나는 말했다.

"못 하겠으면 나가라. 다시는 돌아올 생각하지 말고."

정적만이 가득찬 시간이 흐른다.

얼마나 지났을까.

숨소리조차 의식되고 시간의 흐름이 점심시간 5분 전과 같아졌다고 느꼈을 때 즈음.

에레나가 말했다.

"요괴의 왕."

나의 마음을 편하게 해 주는 말을.

"……너는 정말 연기에 재능이 없는 것이다."

정반대였지만.

"……응?"

"하아아아……."

에레나의 커다란 한숨 소리에 나는 나도 모르게 고개를 들고 말았다.

에레나는 무시무시한 집이라는 영화를 본 관객같이, 팔짱을 끼고서 한심한 것을 바라보는 시선으로 이쪽을 보고 있었다.

아, 저 시선. 익숙하지.

에레나가 나를 내려다보며 말했다.

"요괴의 왕. 나는 지금까지 수많은 드라마를 봐 온 것이다. 하지만 그중에서 너와 같이 연기를 못한 배우는 없었던 것이다."

나는 급히 변명했다.

"무슨 말이야? 나는 연기 같은 건……."

에레나가 단칼에 내 말을 잘랐다.

"네가 나를 희, 희롱할 때는 진심으로 보였던 것이다. 그래서 가, 각오를 했더라도 완전히 다른 사람 같던 네 모습에 겁에 질리고 부끄러웠던 것이다."

그건 아마도 내가 요술의 영향에서 벗어나지 않았을 때의 이야기.

"하지만 내가 널 밀쳐 낸 뒤…… 그때부터는 무엇인가 달라진 것이다. 내가 알고 있던 너로 돌아오고……."

에레나가 다시 한 번 깊은 한숨을 쉬었다.

"그때부터 네가 하는 연기는…… 내 마음 속의 수치심과 분노가 순식간에 사라질 정도로 최악이었던 것이다. 그렇게 죄책감에 괴로워하는 표정과 떨리는 목소리로 삼류 악당 같은 말을 하다니, 그 갭을 참고 견디는 것이 오히려 힘들었던 것이다."

"무슨 소리야. 다른 건 몰라도 고개를 숙이고 있는데 표정이 보일 리가……."

말을 하다 깨달았다.

"그럴 것이라 생각한 것이다."

에레나의 쓸쓸한 미소를 보고 깨달았다.

……당했다. 유도 심문에 완벽하게 당했어. 나는 바보냐. 저런 어린애의 함정에 빠지고?!

자신의 멍청함을 자책하고 있을 때, 에레나가 내게 다가왔다. 당연하겠지만 옷을 벗지도, 네 발로 기지도 않은 채.

"묻겠다, 요괴의 왕."

에레나가 내 옆에 앉아, 떨리는 손을 조심스럽게 내 위에 올리며 말했다.

"그럴 리는 없겠지만 물어보겠다. 혹시 누군가에게 요술로 조종당하기라도 한 것인가?"

여기까지 와서 거짓말을 하는 것은 의미가 없기에 나는 고개를 흔들었다.

"아니."

이 방법은 내가 선택한 일이니까.

잠시 생각에 잠겼던 에레나가 입을 열었다.

"그렇다면 그 해, 행동은 너의 진심이었던 것인가?"

에레나의 손의 진동이 강해졌다.

여기서 그렇다, 라고 말하는 건 쉬운 일이지만…….

지금까지 내가 했던 행동과 말에 지친 양심이 그러기를 거부했다.

"그런 건 아니야."

에레나는 다시 생각에 잠겼다. 하지만 그건 짧은 시간이었고, 이내 내 손을 강하게 움켜쥐며 나와 시선을 맞췄다.

"상황은 대충 이해했다, 요괴의 왕. 너는 누군가에게 요술을 걸어 달라 부탁하고 좀 더 서로를 알아 간 뒤에 해, 해, 해야 하는 일을 억지로 해서…… 나로 하여금 파혼을 마음먹게 하거나, 트집을 잡을 만한 일을 하도록 만들어 나를 내쫓을 생각이었던 것이 아닌가?"

머리가 좋네. 내가 네 입장이라면 몇 번의 시행착오 끝에 도달했을 답에 한 번에 도착해 버리고.

얄팍한 계획을 모두 폭로당한 나는 깊은 한숨을 내쉬었다.

"그래."

에레나는 화를 내지 않았다.

"그렇다면 묻겠다, 요괴의 왕."

살짝 침울한, 그럼에도 무엇인가를 각오한 목소리로 내게
말했을 뿐.

"왜 그렇게까지 나와의 약혼을 깨고 싶어 하는가."

나는 대답하지 않았다.

"내 외모가 마음에 안 드는가?"

"아니."

울고, 화내고, 그 난리를 피웠는데도 에레나의 귀여움은
여전하다. 깊은 푸른색 눈동자는 맑은 바다를 보는 것 같고,
금색의 머리카락은 잘 익은 벼를…… 아니, 이건 좀 아니군.

어쨌든 귀엽다.

"그러면 내 성격이 문제인가?"

"아니."

짧은 교제였지만 에레나와의 대화는 재미있었고 놀리는 것
도 재미있었다.

"내 나이가 문제인가?"

"어, 그건 좀 문제가 있지."

바로 대답이 나왔다.

하지만 에레나의 표정이 진지한 것을 보고 나는 고개를 가
로저었다.

"그것도 아니지만."

애초에 나는 사랑하는 사람의 나이 같은 건 신경 쓰지 않으
니까.

"그렇다면…… 드라마에서 본 적 있는 것이다."

지금까지는 쉽게 질문하던 에레나가 살짝 어두워진 안색으로 물었다.

"내가 외국인이라서 그런 것인가?"

생각도 못 한 질문에 나는 황당한 마음을 감추지 못했다.

"랑이는 요괴인데?"

외국인보다는 요괴 쪽이 더 난이도 높지 않냐? 에레나와 내가 인종의 차이가 있다고 치면, 나와 랑이는 말 그대로 종의 차이가 있으니까.

"그러면 도대체 무엇이 문제인가? 대답해 주기 바란다, 요괴의 왕."

……말할 수 없다.

그 사실을 말하면 분명히 이 녀석은 화낼 테니까. 그건 뻔한 사실이다.

만약, 누군가가 내가 요괴의 왕이 된 것이 주변 상황에 강요당한 거라 주장한다면 나는 진심으로 화를 낼 것이다.

영향이 없다고는 할 수 없겠지만, 그 선택을 한 건 나의 의지였으니까.

우습게도 그건 에레나도 마찬가지다.

에레나는 나와 같다. 주변의 상황을 받아들이고 나와의 약혼이 가장 좋다고 생각해서 스스로 약혼을 하기로 선택한 것이다.

다른 건 없다.

하지만 나는 받아들일 수 없다.

왜냐하면.

"……내가 약혼을 받아들인 것이 주변의 상황 때문이라고 생각하기 때문인가?"

에레나가 내 생각을 맞췄다.

나는 에레나를 속일 생각이 없기에 고개를 끄덕였다.

"이잇!!"

에레나가 내 멱살을 잡았다.

"정말로 그것 때문인가?!"

나는 고개를 끄덕였다.

어린애의 힘으로는 볼 수 없을 정도로 강한 힘이 내 몸을 끌어올린다.

"몇 번이나, 몇 번이나 말해야 하는가?!"

나를 향한 에레나의 눈동자가 푸르게 불타고 있다.

"몇 번이나 말해야 알아듣겠는가 말이다?!"

새하얀 손등에 핏줄이 드러났다.

"나는 내 의지로, 너와의 약혼을 받아들인 것이다! 나는 그렇게 말했을 것이다! 그런데! 너는 나를 바보로 생각하는 것인가?! 내가 아무 생각도 없이 사는 바보로 보인 것인가?! 그저 주위의 상황에 휩쓸려 너와 약혼을 했다고 생각한 것인가?!"

나는 대답하지 않았다. 입을 여는 순간 무슨 소리가 나올지 모르니까.

"대답해라, 요괴의 왕! 지금 당장!"

하지만 에레나는 그걸 바라고 있었다.

그렇다면 나도 더 이상 참을 생각이 없다.

"그게 아니라는 건 알아! 하지만 네가 좋아하지도 않는 나하고 약혼하게 된 건 사실이잖아! 난 그 점이 마음에 안 든다고! 아무리 그래도 그렇지! 너 같은 어린애가 정략결혼, 아니, 너 같은 어린애를 수단으로 쓰는 상황 자체가 싫다고! 그런 일이 일어나는 것도 싫은데, 얼씨구? 내가 당사자네? 내가 당사자야! 그런데 내가 널 받아들일 수 있겠냐?! 어?! 당연히 돌려보내려고 하지!"

화가 머리끝까지 오른 에레나가 소리 질렀다.

"이 멍청이가!"

에레나가 내 볼을 두 손으로 잡았다. 그 손에 떨림은 느껴지지 않았다.

"그 착각을 고쳐 주는 것이다!"

그리고 에레나는 그대로 내게 박치기를…… 하지 않고 입을 맞췄다.

"ㅇㅇㅇㅇ읍?!"

당황해서 눈을 동그랗게 뜬 나와는 달리 에레나는 눈을 감고 내 입술을 탐했다. 정확히 말하면 입술만을. 깜짝 놀란 내가 입을 열지 않았으니까.

짧은 키스가 끝나고, 에레나가 소매로 입가를 거칠게 닦으며 외치듯 말했다.

"어디, 내 첫 키스 또한 상황에 떠밀려서 너와 나눈 것이라 말해 보는 것이다!"

그랬다. 이 녀석, 다혈질인 부분이 있었지.

"너, 너 인마! 이건 그냥 분위기에 휩쓸린 거잖아!"

에레나가 이성을 찾았는지 얼굴을 붉게 물들이며 말했다.

"지금까지 손을 잡아 본 남자가 아버지와 너밖에 없는 내가! 분위기에 휩쓸렸다고 마음에도 없는 자와 이, 입맞춤을 할 거라 생각하는 것인가?!"

"그러니…… 까?"

반론을 하려던 나는 한 가지 사실을 깨닫고 입을 다물었다.

지금 이 녀석, 뭐라고 말했지?

"이제 알았는가?!"

"아니, 아니, 아니, 아니, 아니!!"

나는 손을 내두르며 말했다.

"왜?! 갑자기, 왜?!"

언제부터 날 좋아하게 됐는데?! 그럴 이유는 또 어디 있었고?!

당황한 나머지 그 말을 함축해서 내뱉어 버린 나지만, 에레나는 이해해 주었다.

"갑자기가 아닌 것이다! 애초에 약혼 이야기가 있기 전부터 너한테 어느 정도 호감은 있었던 것이다!"

답이 되지는 않았지만.

"거짓말하지 마! 네가 나한테 호감을 가지고 있다고 하면, 그건 뭔데?! 그 뭐냐, 약혼 이야기할 때 말이야! 넌 뭔가 마음에 걸린 눈치였다고! 내가 나하고 결혼하고 싶냐고 물었을 때도 제대로 대답 안 했고! 거기다 네가 날 사랑하면 된다는 말은 또 뭐였냐고?!"

"호감은 어디까지나 호감일 뿐인 것이다! 그리고 누가 호감이 있다고 바로 결혼을 생각하는 것인가?!"

……랑이요.

"또한, 약혼까지는 그렇다 한들 결혼은 일단 서로가 서로를 사랑해야 하고 싶지 않겠는가?!"

……그렇습니다.

"그리고 너와 혼약하면 바둑이와 제대로 된 사투를 벌일 수 없는 것이 눈에 보이는데 어떻게 좋아만 할 수 있겠는가?!"

잠깐마아아안!

"그게 그렇게 마음에 안 들었냐?!"

"나에게는 중요한 일이었던 것이다!"

당당하게 작은 가슴을 펴는 에레나에게서 거짓말을 하는 기색은 없었다.

……모르겠다. 나는 정말 모르겠어.

"조, 좋아. 그건 그렇다고 쳐!"

그리고 나의 무식은 끝이 없다.

"하지만! 그 전에! 네가 왜 날 좋아하게 됐는지 이해가 안 되거든?! 말이 안 되잖아, 그건!"

에레나가 화가 나서 새빨개진 얼굴로 외쳤다.

"그게 왜 말이 안 되는가?! 말하지 않았는가! 너에 대해 알아봤다고! 조사해 봤다고! 너라는 인간이 어떻게 살아왔는지! 어떻게 요괴의 왕이 되었는지! 그 동안 어떤 일이 있었는지! 알아보았다고 말하지 않았는가?!"

"그런다고 사람을 좋아하게 되냐?!"

"좋아하게 된 것이다!"

나는 말을 잃었다.
"그렇게 알아본 너는……."
에레나가 입을 열었다.

"내게는 마치 동화 속의 기사님같이 보였으니까!"

예?
"뭐, 뭘 그렇게 보는 것인가?! 재치 있게 위기를 극복하고!
슬퍼하는 여왕님을 구하고! 더불어 세상을 구하고! 자신의
선택에 책임을 지고! 자신의 의무를 다하는! 그런 너를 기사
님 같다 생각하는 것이 그렇게 이상한가?!"
예, 이상합니다. 제가 겪었던 일을 그런 식으로 생각할 수
있는 당신의 머리도 좀 이상한 것 같습니다.
나는 그저 눈앞의 난리 통에서 살아남느라 바빴던 것뿐이
니까.
"물론 다시 만난 너는 내 기대와는 달랐던 것이다. 자기 주
위에만 신경 쓰는, 자기가 아끼는 보물만 지키려 하는 어린
아이 같았던 것이다! 그래서 실망을 하고, 도를 넘는 말까지
한 것이다."
아…….
"하지만 너는 나를 내버려 두지 않았다."
에레나가 말했다.

"네 입장에서 나는 불청객이었을 것이다. 네 낙원을 지키기 위해서 내쫓아야 할 위험인물이나 마찬가지였을 것이다."

사실이 그렇기에 나는 아무 말도 할 수 없었다.

"각오는 했던 것이다. 먼 곳에 떨어진 방을 받았을 때, 마치 심술궂은 시댁에서 괴롭힘당하는 며느리처럼 온갖 괄시를 받을 것을 각오했던 것이다!"

네 반짝거리는 눈빛 때문에 각오가 아니라 기대하고 있었다는 것처럼 들린다, 야.

"하지만 너는 나를 무시하거나 괄시하지도 않았고, 오히려 신경 써 주었다."

에레나가 내 다리 위에 올라타 고개를 들어 나를 바라보며 말했다.

"그뿐만이 아니다. 너는 쫓아내고 싶어 한 나를 구해 주려까지 하였다."

에레나가 얼굴을 붉혔다.

"내게 어떤 문제가 있는지 물어본 것이다. 만약 도와줄 수 있으면 손을 뻗어 주려고 한 것이다. 만난 지 단 하루도 안 된 나를 구해 주려 한 것이다."

수줍은 듯 눈꺼풀을 내리깐 에레나가 말했다.

"마치 드라마 속의 재벌 2세처럼."

……재벌 2세가 소꿉친구로 있는 나로서는 전혀 공감이 안 되는 예시였다. 그래서 나는 에레나의 말을 부정했다.

"무슨 소리야. 난 그런 적 없⋯⋯."

"그렇다면 왜 나를 돌려보내려 하는 것인가? 왜 그렇게 괴로워하면서, 죄책감을 느끼면서 하고 싶지도 않은 서, 성희롱을 한 것인가?"

"어⋯⋯ 그건⋯⋯ 그러니까⋯⋯."

세희에 대한 이야기를 할 수도 없고, 그렇다고 사실을 말할 수도 없기에 제대로 된 변명이 나오지 않았다.

"⋯⋯네가 내 취향이 아니라서?"

"⋯⋯조금 전에 한 말을 기억 못 하는 것은 아닐 것이다."

기분 탓인지, 에레나의 목소리가 한 단계 낮아진 것 같다.

"⋯⋯네가 나이가 어려서?"

"요괴의 왕."

"⋯⋯너하고 성격이 안 맞아서?"

"요괴의 왕."

"⋯⋯네가 외국인이라서?"

"⋯⋯슬슬 화가 나는 것이다."

'슬슬'이 아니잖아. 눈매가 예리해졌다고.

하지만 그럴 만한 효과는 있었다.

생각을 정리할 시간은 있었으니까.

"네가 말한 건 다 오해야. 그건 단순히 내 성격 탓이라고. 널 도와주느니 마니 하는 생각 같은 건 요만큼도 없었다."

그저 마음에 안 들었을 뿐이다.

에레나가 겪고 있는 상황이. 이용당하는 현실이. 그래서 돌려보내려 했다. 뒷일에 대한 대비책을 마련해 준다는 세희의 언질도 있었고.

단지 그것뿐인 이야기였다.

하지만 내 이야기를 들은 에레나는 고개를 푹 숙였다. 그 것만이라면 괜찮은데 어깨를 들썩거려서 사람을 불안하게 만든다.

불안한 마음을 참지 못해 나는 에레나에게 말했다.

"……야. 왜 그래."

에레나가 고개를 들었다.

"정말, 자각이 없는 것이 오히려 나쁜 것이다."

웃는 얼굴로.

눈가에 맺힌 눈물을 손가락으로 훑어 내면서.

"그런 식으로 그 많은 여자를 홀린 것인가."

"홀리긴 누가 홀려! 난 그 애들을 도와줬던 것뿐이라고! 나 를 향한 감정은 별개의 일이고!"

"그런 것이다."

에레나가 고개를 끄덕이며 말했다.

"우리가 필요해서 약혼을 한 것과, 서로에게 향한 감정은 별개의 일인 것같이 말이다."

내가 한 말을 완벽하게 인용당했다. 그렇다고 침묵은 답이 아니었지만.

"강성훈."

에레나가 처음으로 내 이름을 부르며 슬쩍 앞으로 다가왔다.

"너의 마음을 알고 싶은 것이다."

거리가 가까워짐에 따라 몸의 떨림이 시작되었지만, 그럼에도 에레나는 멈추지 않았다.

바로 코앞. 숨이 닿는 거리에 와서야 에레나는 움직이는 것을 멈췄다.

"나는 너를 좋아하는 것이다."

푸른 눈의 소녀가 떨리는 눈동자로, 하지만 힘 있는 목소리로 나에게 답을 요구한다.

"너는 나를 어떻게 생각하는가?"

더 이상 피할 수는 없기에 나는 진심을 말했다.

"외국인."

"푸흡!"

에레나가 성대하게 뿜었다.

"콜록, 콜록!"

그것뿐만이 아니라 사레라도 들렸는지 이제는 기침까지 한다. 나는 조용히 주머니에서 손수건을 꺼내 얼굴을 닦고, 에레나에게 건네주었다. 에레나는 손수건을 받고서는 내 몸 위에서 내려온 뒤 입을 가린 채 계속 기침을 했다.

나는 끈기 있게 기다려 줬고, 그 대가는 벌떡 일어난 에레나의 삿대질과 성난 목소리였다.

"이럴 때 농담을 하는 건 아니지 않은가!"

나는 아무 말 없이 손가락으로 내 얼굴을 가리켰다. 자신의 추태를 떠올렸는지 에레나가 얼굴을 붉히며 고개를 돌렸다.

"······미안하게 생각하는 것이다."

"그럼 됐다."

얼굴이 침 범벅이 된 게 한두 번도 아니고 말이야.

"그럼 다시 말하는 것이다."

회복이 빠른 건지, 아니면 이야기를 돌리고 싶은 건지. 아마도 후자겠지만.

"이럴 때 농담을 하는 건 아닌 것이다!"

나는 턱을 괴고 귀찮다는 듯 에레나를 올려다보며 말했다.

"진짜다."

그렇게 충격 받지 마라.

"나한테 아, 아무 감정도 없다는 것인가?"

얼굴이 질린 채로 확인 사살을 해 달라고 빈다. 나는 고개를 끄덕였다.

"……."

지금 에레나의 표정을 보면 내가 사형 선고라도 내린 줄 알겠군.

농담이 아니었고 장난도 아니지만, 그래도 할 말은 해야겠다.

"애초에 말이다."

나는 한숨을 쉬었다.

"너, 나하고 만나서 제대로 이야기해 본 게 몇 번이나 되냐?"

"……사랑에 빠지는 데 시간은 중요하지 않은 것이라고 들은 것이다."

"드라마에서?"

말이 없다.

"저기, 현실하고 드라마를 혼동하지 말아 줄래? 그런 게 드라마의 질적 수준을 낮춘다고."

"……."

나라고 당하고만 살라는 법이 있는 건 아니지.

"하지만 너와 전 요괴의 왕도……."

나는 손을 들어 에레나의 말을 멈췄다.

"그건 그렇긴 한데, 나하고 랑이만 해도 말이야. 서로 좋아하는 데까지는 2, 3일은 걸렸거든? 그것도 하루 종일 붙어지낸 상황에서."

아마도 대공원에서 보였던 눈물 섞인 미소가 영향이 컸겠지.

"그런데 내가 만난 지 하루밖에 안 되고, 그리 오랜 시간동안 붙어 있었던 것도 아닌 너한테 무슨 감정이 있겠냐?"

여기까지만 말하고 입을 다물면 참 좋겠지만…… 에레나의 표정이 굳어 있는 걸 보니 그럴 수가 없었다.

정말, 이건 병 맞다.

"그냥…… 좀 예쁘게 생기고, 책임감이 강하고, 고집도 센편이고, 가끔 욱하는 성격이 있고, 스킨십을 부끄러워하는 면이 귀여운 외국인 여자애라고 생각하게 될 정도지."

에레나의 눈매가 가늘어졌다. 마치, '이 인간은 도대체 뭐야?'라고 말하는 것 같이.

"……너는 솔직하지 못한 성격인가?"

"나만큼 솔직한 사람이 있으면 좀 보고 싶다."

이 성격 탓에 얼마나 고생하고 있는데? 당장 조금 전만 해도 에레나를 속이는 데 실패했잖아.

내가 세운 작전도 완벽하게 실패했고.

"그러니까."

포기하기로 마음먹었다.

"일단 널 내쫓으려고 하는 건 그만두마."

세희를 설득하는 게 문제지만 어쩔 수 없다. 내가 에레나를 집으로 돌려보내고 싶었던 가장 큰 이유가 반으로 조각났으니까.

에레나에게 세희가 인간을 싫어한다는 사실을 밝히고 설득하는 방법도 있겠지만⋯⋯.

다른 사람이 세희를 안 좋게 생각하는 건 별로 마음에 들지 않는 데다가, 그때는 결국 세희와 에레나의 언쟁으로 번질 테니까. 당연히 그 끝이 좋을 리 없다. 차라리 온갖 욕을 먹더라도 내가 세희에게 한 번만 봐 달라고 싹싹 비는 게 나아.

"⋯⋯그것으로 끝인가?"

에레나의 불안한 목소리에 정신이 들었다. 내가 내 할 말만 하고 너무 깊게 생각에 빠져 있었구나.

나는 내 눈치를 살피지 않는 듯, 살피고 있는 에레나에게 말했다.

"그래."

에레나가 안심하는 것인지, 아니면 불평하는 것인지 모를 표정을 지었다.

"⋯⋯알겠다, 강성훈. 지금은 그것으로 만족하는 것이다."

나중에 또 무슨 일을 벌이려고.

하지만 나는 내일을 사는 사람이고, 나는 내일의 나를 믿는다.

다시 말하자면.

"그러면 이제 좀 자도 되냐?"

지쳤다는 거지.

시계를 보니 평소에 잠들 시간을 훌쩍 지나고 있었다. 에레나도 내 시선을 따라 시간을 확인하고서는 고개를 끄덕였다.

"그러고 보니 요괴의 왕은 어린아이처럼 일찍 잔다고 알고 있는 것이다."

"……애들한테 맞춰 주다 보니 그런 거다. 왜, 그런 말도 있잖아. 일찍 자야 잘 큰다고."

요괴에게도 통용이 되는지 모르겠지만.

……나도 좀 더 크고 싶고.

"너는 키를 신경 쓰는 것인가?"

그런 내 생각이 표정에 다 드러난 것 같다.

"……됐으니까, 그만 나가."

에레나가 어린아이 같은 장난기 넘치는 미소를 지었다.

"더 이상 자라지 않아도 작은 키는 아닌 것이다."

이 나라에서 키 이야기를 하는 것이 얼마나 위험한 일인지 몸으로 깨닫게 해 주자.

"뭐야, 계속 있고 싶냐? 그러면 같이 잘까?"

나는 자리에서 일어나 티셔츠를 벗었다.

"……읏?"

에레나가 그대로 굳었다. 그러거나 말거나 나는 잠옷용 티셔츠로 갈아입고 바지에 손을 올리며 말했다.

"나야 따듯한 인간 난로가 있으면 좋긴 한데."

슬쩍 바지에 달린 단추를 풀고 지퍼에 손을 올린 순간.

"으아아아아, 아, 아닌 것이다! 나는 이만 가 보는 것이다!"

에레나가 쏜살같이 내 방에서 뛰어나갔다.

나는 문을 닫고 나지막하게 한숨을 쉬었다.

"지쳤어……."

오늘 하루, 너무 많은 일이 있었다. 정신적으로 한계야.

자자. 자고 나서 생각하자.

나는 장롱에서 이불을 꺼내 바닥에 깔고, 그 안으로 들어
갔다.

내일은 부디 세희에게 욕을 먹으며 싹싹 비는 것만으로 끝
나 달라고 기도하면서.

기도란 이루어지지 않는 경우가 대부분이라는 것을 알면
서도.

첫 번째 끝마치는 이야기

투다다다다다다다다다다다다다다다다다다.

시끄럽지만, 어딘가 귀에 익은 소리에 눈이 떠졌다.

"으…… 뭐야……."

따끔따끔한 눈을 누르며 자연스럽게 시계에 눈이 간다. 형광 물질이 묻어 있는 시침은 새벽 3시를 가리키고 있었다.

그런 사이에도 시끄러운 소리는 계속해서 들리고 있다.

"도대체 뭐냐고……."

확 짜증이 일어났다. 누가 새벽 3시에 이런 소음을 내는데?! 우리 애들이 깨면 어쩌려고!

아니, 이미 깼겠지. 내가 일어날 정도니까.

나는 분노를 가득 담아 문을 확 열어젖혔다.

차가운 새벽바람이 나를 맞이해 주었다. 하지만 평범한 밤바람이 아니었다.

"……어?"

체온이 낮아졌기 때문일까. 정신이 퍼뜩 들었다. 동시에 이 시끄러운 소리와 인공적인 바람을 일으키고 있는 것이 무엇인지 깨달았다.

헬리콥터다. 그것도 엄청 크다. 담 너머에 있는데도 그 크기의 반 정도도 못 가리고 있다.

저게 왜 우리 집 담장 너머에 있어? 무슨 일이라도 벌어졌나?

아닌 밤중의 홍두깨에 대해 물어볼 녀석이 있나 싶어 주위를 둘러보자.

"……예의라는 것을 모르는 것들이로다."

마루에서 인상을 찌푸리고 헬리콥터를 노려보고 있는 냥이가 있었다.

검은색 호랑이 인형 잠옷을 입은 채로.

잘 어울리지만 말하지 말자.

"너도 깼어?"

내가 말을 걸자 냥이가 인상을 찌푸렸다.

"너라면 잠들 수 있겠느냐?"

"……애들은?"

"쯧."

냥이가 손가락으로 안방 문을 가리켰다.

안방 문에는 어떤 효과가 있는지 말하지 않아도 알 수 있는 노란색 부적이 붙어 있었다. 아니, 안방 문만이 아니다. 나래의 방에도, 치이와 페이의 방에도 그 부적은 붙어 있었다.

내 방만 빼고.

……순간 울컥했지만, 오히려 고맙다는 생각이 뒤를 이었다. 집 주변에서 이상한 일이 벌어지고 있는데 가장이 세상 모르게 잠만 자는 건 아니겠지.

나는 진심을 담아 냥이에게 고개를 숙였다.

"고마워."

"마, 마음에도 없는 소리는 하지 말거라! 그런다고 해서 내가 널 인정할 것 같으냐?!"

……넌 정말 칭찬에 약하구나.

"그런데 헬리콥터가 왜 집 앞에 있는지 알고 있어?"

"그에 대해 알려 줄 것이 나오고 있구나."

나는 냥이를 따라 고개를 돌렸다.

그곳에는 갑옷을 입은 에레나가 사랑방에서 나오고 있었다.

……무슨 일이지?

"흥!"

뜬금없이 들려온 코웃음에 고개를 돌려 보니 냥이가 나를 노려보고 있었다.

내가 무슨 잘못이라도 했나?

"왜 그래?"

"지금부터는 네가 알아서 하거라."

"그게 무슨 소리야?"

냥이는 대답해 줄 생각이 없는지 뒤도 안 돌아보고 안방에 들어갔다.

냥이의 말이 신경 쓰였지만 그렇다고 물어보러 갈 수도 없는 게, 에레나가 이쪽으로 걸어오다가 내가 마루에 나와 있는 것을 봤거든.

에레나가 깜짝 놀라 했다가, 이내 표정을 굳히고 내게 다가왔다.

"이른 새벽에 내 부하들이 소란을 피워 미안하다, 요괴의 왕."

저 헬리콥터는 에레나와 관계 있는 것 같다.

"왜. 무슨 일 있었냐?"

에레나가 고개를 끄덕인 뒤 말했다.

"에인헤랴르의 본거지가 다시 습격당했다."

수많은 생각이 동시에 떠올라 숨이 막혔다.

지금 에레나가 뭐라고 했지?

"사망자는 없지만 최전선에 나선 대장 및 대원들이 다쳤다 한다. 급히 유용한 전력이 필요하다 해서 갑작스레 떠나게 된 것이다."

에레나가 온 곳은 여기서 멀고 먼 동유럽의 나라, 덴마크다.

"급한 일이면……."

에레나가 고개를 저었다.

"그리 급한 일은 아닌 것이다. 지휘 계통상, 그리고 민심 안정을 위해 내가 필요할 뿐이다. 며칠 후면 다시 돌아올 것이니 네가 걱정할 것은 없는 것이다."

명백하게 나를 신경 써 주고 있음에도 내가 입을 꼭 다물고 있자 에레나가 곤란하다는 듯 말했다.

"무엇보다 오작술은 그리 쉬운 요술이 아닌 것이다. 남용할 경우 아직 어린 요괴에게는 몸의 무리를 불러일으킬 수 있다."

치이와 페이에게 부담을 지울 수 없기에 나는 고개를 끄덕였다.

그런 나를 씁쓸하게 바라보던 에레나는 갑자기 뭔가가 생각났는지 내 눈치를 살피며 말했다.

"이런 부탁을 하는 건 네가 처음이지만……."

에레나가 입술을 만지작거리며 말을 이었다.

"승리의 주문을 부탁해도 되겠는가?"

"……승리의 주문?"

갑자기 머릿속에 인터넷에서 본 짧은 만화가 떠올랐지만 이내 지웠다. 그 자리를 차지한 것은 에레나가 부끄러워하면서도 자신의 입술을 계속해서 만지작거리고 있다는 것.

즉, 내 쪽에서 키스를 해 달라는 말이었다.

스킨십을 어려워하는 에레나에게는 어려운 부탁이었을 것이다. 나로서는 들어주고 싶다. 그리고 무사하라고 말하고 싶었다.

하지만 머릿속에서 사라지지 않는 두 가지 생각이 내 행동을 막았다.

만약 그 녀석의 짓이라면.
내가 에레나에게 그런 짓을 할 자격은 없다.

만약 그 녀석의 짓이 아니라 한들.
좋아하지도 않는 여자아이한테 키스할 수 있겠냐!

그래서 나는 에레나의 볼을 쓰다듬어 주었다.

에레나는 살짝 실망했다가, 이내 볼을 기대며 내 손등에 자신의 손을 겹쳐 댔다.

"그런 표정을 짓지 마는 것이다."

에레나는 내 표정이 일그러진 이유를 오해하고 있다. 하지만 급히 이곳을 떠나려는 에레나에게 걱정거리를 늘려 줄 수는 없는 노릇이다.

그래서 나는 지금 드러낼 수 있는 진심을 입에 담았다.

"조심해. 다치지 말고."

"걱정 마는 것이다. 사지로 향하는 것도 아니니. 아, 이쪽 일이 마무리되면 네가 한번 오는 것은 어떠한가? 왕에게도 쉴 시간은 필요한 것이다."

그러겠다고 말을 하려는 순간.

"Urgent Erena Prinsesse!"

대문 쪽에서 에레나를 부르는 소리가 있었다.

······응?

잠깐만. 확실히 들었다. 덴마크어를 모르는 나에게도 익숙한 발음이 에레나 이름 뒤에 붙는 걸 들었어!

프린시스나 프린지즈라는 말을!

그 말은 내 마음을 가득 채우고 있는 의혹과 걱정을 한순간이라도 잊게 만들 만한 무게가 있었다.

"저, 저 바보 녀석이?!"

그리고 에레나의 반응도.

에레나는 화들짝 놀라서는 내게서 손을 떼고 뒤로 물러나며 말했다.

"그, 그럼 나는 이만 가 보는……."

"잠깐만!"

나는 에레나의 팔을 잡아 강제로 멈추게 한 뒤 외쳤다.

"너, 공주였어?!"

"나, 나는 긍지 높은 발키리인 것이다!"

에레나가 황급히 고개를 가로저었다. 나는 두 손으로 얼굴을 잡아 나를 똑바로 바라보게 만들었다.

"……."

"……."

스르륵, 에레나가 시선을 피했다.

얼굴을 움직여 강제로 눈을 맞췄다.

"……."

"……."

에레나가 살며시 눈을 내리깔며 말했다.

"……비밀로 해 주는 것이다."

"진짜 공주였냐!!"

세상에!

이제 알 것 같네! 왜 어머니께서 에레나를 약혼녀로 삼겠다고 하면서 '격이 있어야 한다.'라고 하셨는지!

내가 왕이니까 공주인 에레나와 약혼을 하면 말 그대로 격이 맞춰지는 거겠지!

21세기지만!

그러면 에레나가 한국어에 익숙하지 않아서 백성이라고 불렀던 게 아니었다는 말이잖아?!

그런 생각에 빠져 있는 나를 일깨운 것은 내 손안에서 자유를 되찾으려 한 에레나였다.

지금까지 에레나의 두 뺨을 잡고 있다는 사실을 깨달은 나는 손을 놔줬다.

담 너머 헬리콥터에서 비쳐지는 빛으로도 확연히 알 수 있을 정도로 얼굴이 붉어진 에레나가 말했다.

"하, 하지만! 내가 공주인 것하고 발키리가 된 것은 아무런 상관이 없는 것이다!"

"그야 당연한 거고!"

갑자기 멍해진 눈동자로, 나를 올려다보는 에레나에게 말했다.

"누가 그런 거 가지고 그러냐?! 세상에! 공주라니!"

나는 에레나의 양쪽 어깨를 움켜쥐며 소리쳤다.

"세상에! 나 공주님 처음 봤어!"

멍한 눈으로 올려다보는 에레나를 신경 쓰지 않으며 나는 말했다.

"이럴 줄 알았으면 사인이라도 받아 놓든가, 왕궁 생활이라든가, 공주로서 하는 일 같은 거라도 좀 물어볼 걸 그랬어!"

아무런 반응이 없다.

덕분에 나도 흥분이 가라앉았다.

……현직 요괴의 왕이면서, 신화 속의 등장인물이 아내가

될 예정인 내가 이런 소리를 하니까 조금 웃기네.

"픕!"

그렇다고 배꼽 잡고 웃을 것까지는 없지 않냐?

"푸하하하하하하하!!"

멍청한 소리를 했다는 게 부끄러워서 나는 그만하라는 말도 못 꺼내고 에레나의 웃음이 가라앉기를 기다렸다.

잠깐 시간이 흐른 뒤, 겨우겨우 진정한 에레나는 눈물을 닦으며 말했다.

"아하핫, 너는 정말 신기한 사람인 것이다."

"……뭐가."

내가 이상한 말을 한 것도 아니고, 사람이 살아가면서 진짜 공주님을 볼 기회가 얼마나 있겠냐고.

사인 좀 받고 싶어 할 수 있지!

"그, 그런 게 아닌 것이다."

내가 퉁명스럽게 대꾸한 게 마음에 걸렸는지 에레나가 급히 손을 흔들며 말했다.

"누구에게도 말 못 한 고……."

그때.

다시금 대문 밖에서 에레나를 부르는 소리가 들렸다. 뒤를 돌아본 에레나는 덴마크어로 소리친 뒤, 나를 씁쓸한 표정으로 바라보며 말했다.

"이젠 정말 가 봐야 하는 것이다."

"……그래."

지금 내가 섭섭한 건 다른 이유가 있는 게 아닐 거다. 왜,

든 사람은 몰라도 난 사람은 안다는 말도 있잖아.

"왜 그런 표정을 짓는 것인가?"

에레나는 미소를 지었다.

"과정이야 달라졌지만, 결국 네가 원하는 대로 된 것이 아닌가?"

에레나가 그런 말을 할 수 있었던 것은 아마도 지금 내 마음을 알고 있기 때문일 거다.

"누가 섭섭해한다는 거냐."

그래서 나도 그에 맞춰 말했다.

"속이 다 시원한데 말이다."

나는 가슴을 펴고 미소를 지었다.

에레나가 웃으며 말했다.

"너는 정말 연기를 못하는 것이다."

그건 내가 하고 싶은 말이었다.

두 번째 끝마치는 이야기

굉음과 바람을 남기고 헬리콥터는 하늘로 떠올랐다. 헬리콥터를 향해 손을 흔들어 주지는 않았지만, 나는 깜빡이는 붉은 별이 밤하늘에서 사라질 때까지 기다렸다.

그리고.

"세희."

안방에 없는 녀석의 이름을 불렀다.

아무리 기다려도 대답은 없었다. 하지만 세희가 내 목소리를 듣고 있을 거라는 확신은 있다.

이 집에서 일어나는 일은 세희가 모두 알고 있으니까.

"방에서 기다릴 테니까, 일 끝나면 와라."

지금 당장 오라고 말하지 않은 건 내가 지켜야 할 '선'이었기 때문이다.

방에 들어가 이불을 장롱 속으로 처넣은 뒤.

나는 불을 끄고 벽에 등을 기댄 채 세희가 오기만을 기다렸다. 머릿속에서 수많은 의혹과 그에 대한 부정이 계속되고, 그럼에도 지울 수 없는 의혹이 남았을 때.

시계는 새벽 5시를 가리켰다.

"기다리셨습니까, 주인님."

"그래."

세희가 내 앞에 나타나 공손히 앉은 것도 그때였다.

"자라나는 청소년기에 수면이 부족하면 성장이 제대로 이루어지지 않습니다, 주인님."

"작은 키는 아니라고 하던데."

"크다 여길 만한 키도 아닙니다."

농담을 주고받으면서 나는 세희를 관찰했다.

은은히 비추는 달빛만으로 평소와 다른 모습을 관찰하는 것은 힘들었지만, 그렇다고 불을 켜고 싶지는 않았다.

세희의 얼굴을 보면 서론, 본론을 내팽개치고 바로 결론으로 치달을 것 같았으니까.

"그래서 아직까지 주무시지 않고 저를 부르신 이유는 무엇이십니까?"

세희는 그걸 바라는 눈치지만.

하지만 아직 내 관찰은 끝나지 않았다.

평소와 달라진 모습은 보이지 않는다. 시간이 넉넉했기 때문이겠지. 그래서 나는 말했다.

"가만히 있어라."

나는 벽에서 등을 떼고 세희에게 다가갔다.

"무슨 일이십니까, 주인님."

나는 세희의 말을 무시하고 바로 앞에 한쪽 무릎을 꿇고 앉은 뒤, 두 어깨를 잡고 얼굴을 가까이 댔다.

마치, 키스를 할 것 같이.

"⋯⋯."

"⋯⋯."

하지만 내가 하려고 한 건 그런 달콤한 것이 아니었다. 나는 세희의 인중 부근에 코를 가져다 댄 뒤.

힘껏 숨을 들이마셨다.

"⋯⋯술 냄새 난다, 너."

그것도 꽤 독한걸?

"⋯⋯양치를 했는데도 말입니까."

나는 뒤로 물러나서 다시 벽에 등을 기대앉았다.

"술 냄새라는 게 양치한다고 사라지겠냐."

"다음부터는 껌도 씹어야겠습니다."

평소와 별다를 것 없는 대화였지만 내 신경은 상당히 날카로워져 있었다.

"물어봐도 되냐?"

"드디어 제 스리 사이즈가 궁금해지셨습니까?"

"지금 별로 농담할 기분은 아닌데."

"그렇다면 제게 궁금하신 점을 말씀하시면 됩니다."

나는 고개를 끄덕였다.

"술 마시고 뭘 했냐."

"무엇을 했다고 생각하십니까?"

"선문답하지 마."

"이럴 때는 질문에 질문으로 대답하는 것을 하지 말라고 하시는 게 맞습니다."

"질문에 질문으로 대답하지 마."

"잘하셨습니다, 주인님."

세희의 웃는 얼굴에 짜증이 솟아오른다.

나는 감정을 최대한 억누르면서 말했다.

"그러면 대답해."

"공부를 멀리하신 주인님께서는 모르시겠지만, 자고로 좋은 질문이란 좋은 대답을 이끌어 낼 수 있는 것을 말합니다. 지금처럼 요점을……."

나는 세희의 말을 잘랐다.

"대답해."

세희가 고개를 숙였다.

"좋습니다. 그렇다면 먼저 주인님께서 하시고 싶은 질문을 제가 유추해서 대답하겠습니다. 괜찮겠습니까?"

나는 고개를 끄덕였다.

"주인님께서 묻고 싶은 첫 번째."

세희가 검지를 펴며 말했다.

"아말리엔보르 성에서 일어난 습격이 저와 관련된 것인가."

에인헤랴르의 본거지에서 일어난 사고.

어제 저녁. 세희는 같은 질문에 대답하지 않고 자리를 떠났다.

하지만 지금.

세희가 대답했다.

"그렇습니다."

나는 아무 말도 하지 않았다.

"주인님께서 묻고 싶은 그 두 번째."

세희가 중지를 펴며 말을 이었다.

"그 인간이 돌아간 일이 저와 관련이 있는가."

이틀, 아니, 시간으로 따지면 24시간 내에 연달아 일어난 습격 직후, 내가 세희를 불렀을 때.

세희는 두 번 다 즉시 내 앞에 나타나지 않았다.

"그렇습니다."

그 이유를 세희의 입을 통해 듣게 되었다.

나는 다시 한 번 확인하기 위해 입술을 움직였다.

"……진짜냐?"

"그렇습니다."

"……정말이라고?"

"그렇습니다."

"……왜 그랬냐고 물으면, 주인님과 안주인님의 행복을 위해서였습니다. 같은 말이나 하겠지. 안 그래?"

"그렇습니다."

나는 마지막으로 확인하기 위해 입을 열었다.

"내가 잘못된 거라고 생각하는 일은 하지 말라고 한 건 기억하고 있냐."

"그렇습니다."

모든 확인이 끝난 나는 고개를 푹 숙였다.

세희가 오기 전까지 많은 가능성을 염두해 두었지만 내 기억력은 그 모든 걸 담아 놓을 정도로 좋지 않거든.

기억을 되살리고 상황을 맞추고 생각이 끝난 뒤, 나는 고개를 들었다.

입가를 슬쩍 올리면서.

"고생했다, 야."

세희는 아무런 반응도 보이지 않았다. 그에 비해 내 목소리는 평소의 세희와 조금 닮게 변한 것 같다.

"아니, 고생한다고 해야 하냐?"

"무슨 말씀이십니까, 주인님?"

나는 이죽거리며 표정 하나, 목소리 하나 변하지 않는 세희에게 말했다.

"무슨 말씀이냐니. 이 정도면 너도 눈치챘을 거잖아. 내가 지금 무슨 생각을 하고, 왜 이런 태도로 널 대하고 있는지."

"주인님께서 하시고 싶은 말씀이 무엇인지 모르겠습니다. 저를 안주인님이라 생각하시고 쉽게 풀어서 말씀해 주시면 안 되겠습니까?"

알면서 모르는 척하기 대회가 있다면, 분명히 세희가 우승일 것이다. 더 이상 도전자가 나타나지 않아 대회가 망할 때까지 왕좌를 지키겠지.

"좋아."

그래서 나는 내가 생각하고 있는 것을 모두 풀어서 세희에게 말하기로 했다.

"그러면…… 처음부터 이야기하자. 에레나가 오고, 내가 너하고 대책을 세웠을 때 말이야."

이야기를 하면서 다시금 생각의 정리가 필요했던 건 내 머리의 한계다.

"나는 내가 할 수 있는 걸 하고, 너는 네가 할 수 있는 걸 한다. 하지만 너는 무슨 짓을 할지 모르니까 내가 생각할 때 나쁜 짓은 안 하기로 약속했다. 그렇지?"

세희가 고개를 끄덕였다.

"그리고 시간이 조금 지났을 때. 에인헤랴르가 정체불명의 누군가에게 습격을 당했다는 소식을 나래를 통해 알게 됐다. 그리고 난 세희, 너로 유추되는 사람이 그 자리에 있었다는 정보를 나래에게 들었다. 난 그 점을 네게 물어보았고, 너는 처음에 했던 약속을 언급한 다음에 도망치듯 어디론가 사라졌어. 여기까지도 맞지?"

세희는 침묵으로 긍정했다.

"그리고 두 시간 전. 에인헤랴르가 두 번째 습격을 당하고 인명 피해가 나서 에레나가 돌아갔다. 나는 너에게 어제 있었던 일과 오늘 일어난 일에 대해서 묻기 위해 지금까지 기다렸어. 그리고 너는 내가 하고 싶었던 질문을 유추한 뒤, 그 두 가지 일에 자신이 관련되어 있다고 내게 말했다."

'성에서 일어난 습격이 저와 관련된 것인가.'
'그 인간이 돌아간 일이 저와 관련이 있는가.'

세희가 유추했던, 내가 하고 싶었던 질문.

하지만 사실은 그게 아니다.

세희는 내가 하고 싶었던 질문을 교묘히 왜곡했다.

"하지만 내가 묻고 싶었던 질문은 이거였어."

나는 숨을 깊이 들이마시는 것으로 끓어오르는 마음을 다시 한 번 가라앉혔다.

"성에서 일어난 습격을 네가 저질렀냐? 에레나가 돌아가게 된 두 번째 습격을 네가 저질렀냐?"

세희는 그것을 알면서도 질문을 바꿨다.

"하지만 너는 관련이라는 단어를 쓰면서 말했고, 그렇다고 대답했어. 그러면 보통 네가 습격을 했거나, 그 습격과 관계가 있다고 생각하는 게 보통이겠지만……."

나는 말했다.

"여기서 잊지 말아야 할 건 내가 나쁜 일이라고 생각할 짓은 하지 않기로 약속했다는 거지. 그리고 넌 그 약속을 몇 번이나 언급했고, 기억하고 있다고 말했다. 즉, 에인헤랴르를 습격해서 그 성을 반파시키고 두 번째 습격에서 인명 피해를 낸 건, 세희……."

나는 단언했다.

"네가 아니야."

세희가 입꼬리를 올렸다.

"그렇게 생각하십니까?"

물론 나도 처음에는 세희를 의심했다.

의심할 수밖에 없는 상황이었다.

세희는 에레나가 온 뒤 내 신경을 긁으며 인간을 혐오하는 모습을 강하게 보였다. 에레나를 내쫓고 싶어 하는 데서 끝나지 않았다. 자신의 실수를 만회하기 위해서라는 주장하에, 내가 기억하기로는 처음으로 능동적인 모습을 보였다. 내가 세희를 불렀을 때의 모습이 평소와 달랐다. 내 질문에 대답을 피하고 다시 자리를 비웠다. 랑이의 저녁을 준비해 주지 않았다. 내가 다시금 불렀을 때는 평소와 다르게 정장을 입고 있었다. 자신의 행동이 아니라는 말을, 단 한마디도 하지 않았다.

이 녀석에게 단련된 나로서는 의심을 살 만한 일들이 너무나 많았다.

하지만 빤히 보이는 함정은 오히려 함정같이 보이지 않는 법이다.

그래서 나는 두 시간가량 고민을 해야만 했고, 한 가지 결론을 내릴 수 있었다.

세희가 보인 의뭉스러운 행동은 결론을 내는 데 의미가 없다는 것으로.

결론을 내는 데 중요한 건 내가 세희를 믿느냐, 믿지 않느냐.

그것이 전부였다.

믿는다면, 그 모든 행동은 뭔가 의미가 있었던 것.

믿지 않는다면, 그 모든 행동은 숲속에 나무를 숨기기 위한 것.

결국 시작에서 결론이 정해져 있는 이야기였다.

그렇게 생각하니, 더 이상 고민할 것이 없어졌다.

"그래, 난 널 믿으니까."

이리 저리 머리를 굴렸던 내가 이런 말을 하는 게 조금 웃길 수도 있겠지만, 이 사람은 믿을 수 있다는 생각을 거쳐 나오는 것이 믿음이다.

나는 세희를 믿는 거지 맹신의 대상으로 여기고 있는 게 아니다. 내가 맹신할 수 있는 건 랑이의 귀여움뿐이야.

어쨌든.

세희를 믿기로 결론 내리고 지금의 상황을 바라보았기 때문에 나는 지금 화가 나 있다.

"하지만 너는 그 모든 짓을 네가 저질렀다 여기게끔 말장난을 쳤다."

이 녀석은 거짓말 한마디 안 하고 나를 속이려고 했다. 자신이 약속을 어겼다 생각하도록 내 사고를 제한하려 했다.

세희는 귀신이지만 그 입속의 혀만은 악마의 것이지 않을까.

"왜냐."

세희는 눈을 내리깔은 채 오랜 시간 입을 다물었다.

내 인내심이 끝을 다하기 전, 세희가 입을 열었다.

"제가 약속을 깼을 수도 있지 않습니까?"

마음에도 없는 소리를 정말 잘도 하네. 아니, 일부러 한 거겠지. 이 녀석은 어떻게 하면 내 화를 돋울 수 있는지 너무 잘 알고 있으니까. 하지만 이번에는 참는다. 지금 화를 내서는 안 된다. 아직 해야 할 이야기가 남아 있으니까.

"그랬다면 그랬다고 말했겠지. 네가 뭐가 무서워서 나한테 거짓말을 해?"

내가 아는 세희는 거짓말을 하느니, 그 사실을 숨긴다. 아니면 오히려 겉으로 드러내고서 내 성질을 긁겠지.

"주인님께서는 모든 인간들이 두려워하는 요괴의 왕이시지 않습니까?"

"때려쳐."

나는 다시 한 번 숨을 깊게 들이마셔서 마음을 가라앉힌 뒤 말했다.

"미안."

"괜찮습니다. 머리에 피가 몰리시면 험한 말이 나온다는 것 정도는 알고 있으니까요."

그래도 나래 덕분에 다른 애들에 비하면 바르고 고운 말이지만.

"그래서 뭔데. 내가 알아서는 안 되는 거냐? 아니면 지금은 말할 수 없는 거야?"

지금까지의 경험을 살려 한 물음에 세희는 고개를 가로저었다.

"그런 것도 있습니다만 전부인 것은 아닙니다. 아닙니다만……."

세희는 살며시 미소를 띠며 말했다.

"그렇게 제 입을 통해 확인 받고 싶으십니까?"

그 말은 내가 생각하고 있던 상황 한 가지와 맞아떨어지는 것이었다.

"그렇다면 말씀드리겠습니다, 주인님."

세희는 평소와 같은 평온한 목소리로 말했다.

"먼저, 에인헤랴르의 습격은 제가 한 행동이 아니며 제가 꾸민 일도 아닙니다. 오히려 저는 그 일을 막는 데 힘을 쓰는 입장이었습니다. 첫 번째는 운이 좋아 아말리엔보르 성이 무너지는 선에서 막을 수 있었지만, 두 번째에서는 사망자가 나오지 않도록 하는 것이 고작이었습니다."

세희가 입꼬리를 올렸다.

"누군가를 지키며 싸우는 것은 익숙하지 않아서 말이죠."

곰의 일족을 상대로 하면서 여유롭게 나를 결계 밖으로 인도했던 세희였다.

"……누구하고 싸운 건데? 옛날에 말했던 대요괴들이 나선 거야?"

"알려 드릴 수 없습니다."

"왜."

"누구인지 알려 드리면 그 이유 또한 알고 싶어지는 것이 주인님이십니다."

"다른 말로 하면 이유도 말해 줄 수 없다는 거지?"

"그렇습니다."

"왜."

"알려 드릴 수 없습니다."

세희가 입을 다물면 하늘이 두 쪽이 나도 열리지 않지.

"……언젠가 말해 줄 거지?"

그래도 확언은 받아 놓자.

"확인 정도는 해 드리겠습니다."

내가 세희의 우위에 설 수 있을 리가 없지.

일단 그 주모자에 대해서 파고드는 것은 여기까지 하자. 이제 슬슬 한계니까.

그래, 한계다.

그리고 세희는 내 마음을 읽을 줄 알았다.

"또한, 제가 계획하거나 벌인 일은 아닙니다만…… 이왕 일이 벌어질 것, 주인님께서 한 단계 성장하실 수 있는 발판으로 삼을까 마음먹은 것도 사실입니다."

……역시 그랬냐.

"그로 인해 한 행동은, 주인님께서도 이미 잘 알고 계실 테고 저 또한 피곤하니 말을 줄이겠습니다."

나는 고개를 끄덕였다.

아까 말했듯이, 나는 이 녀석에게 단련 받고 있다. 세희도 숨기지 않았고, 나도 끔찍한 일만 아니라면 괜찮다고 암묵적으로 받아들인 사실이다.

"제가 드릴 말씀은 여기까지입니다."

그리고 이번 일은 그 끔찍한 일의 범주에 들어간다.

"……하실 말씀이 없으시다면 저는 이만 물러나겠습니다. 아무리 저라 해도 하루에 덴마크와 한국을 오가며 사투를 벌이고 이 시간까지 깨어 있는 건 힘들어서 말이죠."

세희는 그 말을 남기고 자리에서 돌아섰다.

나는…….

이렇게 하나의 이야기가 끝이 났다.

나는 다시금 돌아가서 다음 이야기의 사전 준비에 힘써야 겠지.

방을 나서는 순간에도 내 생각은 변하지 않았다.

이렇게, 이번 이야기는 끝을 맞이할 것이라고.

"……마."

바로 뒤에서 들려온 그의 숨죽인 목소리가 없었더라면.

내 손목을 잡은 그의 손길이 없었더라면.

이런 상황은 예상외다.

내가 생각해 둔 그의 반응 21개 중, 어느 곳에도 들어가지 않았기에 내심 당혹스럽다. 하지만 나는 내색하지 않고 뒤를 돌아보았다.

그의 표정은 어떤 요괴의 로리 목록이라는 책에 나올 법한 주인공의 그것과 닮아 있었다.

"뭐라 말씀하셨습니까."

"다음부터…… 이런 짓 하지 말라고 했다."

나는 내가 예상치 못한 기이한 반응에 경우의 수를 예측하면서 입을 놀렸다.

"이제 와서 이 말을 또 하게 될 줄은 몰랐습니다만, 인간의 말은 짐승의 그것과 궤가 다릅니다."

하지만 그것도 그가 자리를 박차고 일어나 내 손목을 뜨거운 피가 흐르는 손으로 잡았을 때까지.

"시끄러!"

손목에서 느껴지는 그의 따스한 체온이 그다지 싫지 않다는 사실에 깊은 자기혐오를 느끼며 나는 말했다.

"무슨 말씀이신지 모르겠습니다. 주인님. 혹시 인간이 말하는 방법을……."

"입 다물고 듣기나 해."

빠직.

만약 만화나 애니메이션이었다면 지금 내 이마에는 굵은 힘줄 표시가 나 있겠지.

그와 마찬가지로.

"나를 성장시키기 위해 시험하든, 괴롭히든, 그런 건 다 좋아. 랑이와 행복해지기 위해서는 내가 감수해야 할, 아니, 받아들이기로 결정한 일이니까. 그리고 너 역시 랑이를 위한 마음으로 움직인다는 걸 알고 있으니까."

화가 난 주제에 왜 그리 슬퍼하는지, 나는 알고 있다.

인간이란, 살아 있는 몸을 가진 자들은 언제나 그래 왔으니까.

그들이 가진 감정은 언제나 이성을 겁탈한다.

"그래서 하고 싶은 말씀이 무엇입니까."

질문을 하면서 나는 대답을 찾았다.

그는 이렇게 말할 것이다.

"하지만 이렇게까지 할 필요는 없어!"

알고 있었지만, 그럼에도 불구하고 차갑게 얼어붙은 내 마음에 아주 작은 불씨가 피어났다.

"만약, 만약에 말이다. 내가 널 믿지 못했으면? 그때는 어떻게 하려고 그랬냐? 네가 약속을 깼다고 생각했으면, 널 의심하고 추궁했으면 그때는 어떻게 하려고 했어?"

그것에 기대어 나는 사실을 말했다.

"그때는 그때대로 이어지는 계획이 있었습니다."

"변명 같은 건 하지 않고 말이지?"

침묵은 대답이 될 수 있으며 그는 그 사실을 잘 알고 있었다.

"넌 그래도 괜찮아?"

다시 한 번 같은 대답에 그는 보는 귀신이 다 안쓰럽다 생각하게 되는 표정을 지었다.

그렇기에 나는 말했다.

"그것이 저의 역할입니다."

"그걸 누가 정했냐."

떠오른 농담이 있지만 이미 몇 번이나 했던 것이기에 그만둔다.

"제가 정했습니다."

"……그러면 지금부터 바꿔."

"무슨 말씀이십니까."

그의 진실된 마음이, 말로 표현되어 내 마음에 와 닿았다.

"나는 네가 희생하는 게 싫다. 난 그런 게 싫어서 요괴의 왕이 된 거야. 내가 사랑하는 사람이, 친구가, 가족이 누군가에게 이용당하고, 누군가를 위해 희생하는 일이 싫어서 요괴의 왕이 된 거라고!"

어린아이의 치기 같은 소리다.

그 말은 곧, 모든 짐을 자신이 짊어지겠다는 뜻이었으니까.

"세희, 너도 내가 사랑하는…… 은 아니고, 아끼는 가족이다. 너 역시 내 가정을 이루는, 아니, 한 축이 되어 주는 사람이라고."

귀신입니다만.

"네가 랑이의 행복을 위해서 그런다는 건 알아. 그런 너한테 내심 고마워하고 있기도 하고. 하지만 이건 아니야. 이런 방식은 아니라고!"

내가 바란 대로 자란 그는, 누군가에게 미움을 받는 것을 극도로 싫어한다. 모두에게 사랑 받기를 원한다.

그렇기에.

"네가 의심 사고! 네가 오해 받고! 네가 미움 받는 걸 감수하면서까지 도와줄 필요는 없어!"

이것은 헛소리다.

주인님께서 그럴 일은 절대로 없으니까.

이것은 개소리다.

그는 누군가를 진심으로 미워할 수 없으니까.

그렇기에 가끔 내 가학심, 실례, Sadism을 부추긴다. 어디까지 버틸 수 있을지 시험해 보고 싶어진다.

마치, 지금처럼.

"이제 백화점에 가 바닥에 누워 울면서 떼를 쓰며 장난감을 사 달라고 하시면 완벽할 것 같습니다, 주인님."

"농담하지 마. 나는 진심이다."

"그렇습니까?"

몇 년 만일까. 이런 욕망이 샘솟아 오르는 건.

예상하지 못한 일의 시작을 보고 싶다.

예상하고 있는 일의 끝을 보고 싶다.

나는 말했다.

농담처럼 입에 담아 왔던 진실을.

"5천 년."

그는 이 시간에 실린 무게를 감당할 수 있을까?

"5천 년입니다, 주인님."

그는 어떠한 반응을 보일까?

"그 시간을 통해 내린 결론이, 지금의 저입니다. 그런 저를 주인님께서 감당하실 수 있을 거라 생각하십니까? 안주인님의 행복을 위해 생각하고 생각하며 생각하여 지금의 강세희가 된 저를 무엇으로 설득하실 생각이십니까? 지금까지 단한 번도 성문이 열린 적 없는 철옹성을 함락시키기 위한 무기는 대체 무엇입니까. 그 잘난 입으로 한번 말씀해 보시지요, 동화 속의 기사님."

그의 표정에 당황하는 기색이 역력하다. 온갖 고민을 하고 있겠지. 그는 자신이 머리가 나쁘다고 여기지만 나는 그렇게 생각하지 않는다.

생각만큼은 깊으니까.

깊기 때문에 느릴 뿐이다.

그렇게 시간이 흐르고 흘러.

지루함에 농담이라도 건넬까 싶었을 때.

"좋아. 5천년이라 이거냐? 거기서부터 시작해야 한다는 거지? 알겠어. 그래. 하! 좋고말고. 누가 이기나 해 보자고."

그의 분위기가 달라졌다.

"잘 들어, 강세희."

그는 마치 장난꾸러기 꼬마 같은 표정을 짓고.

듬직한 사내의 눈빛으로 바라보며.

뱀처럼 교묘하게 움직여 내 손목을 잡고서.

나를 태워 버릴 열기로 가득 찬 목소리로.

"난 지금부터 네 모든 걸 알기 위해 수단과 방법을 가리지 않을 거다."

그는 시작했다.

"기대해."

끝마치는 이야기를.

〈나와 호랑이님 15권 마침.〉

───── ◆본 작품의 의견, 감상을 기다리고 있습니다◆ ─────

보내실 곳 _

서울시 구로구 디지털로 26길 111 JnK디지털타워 503호
우편번호 152-848
(주) 디앤씨미디어 시드노벨 편집부

카넬 작가님 앞
영인 작가님 앞

카넬 시드노벨 저작 리스트

나와 호랑이님 15

1판 1쇄 발행 2017년 1월 1일
1판 4쇄 발행 2019년 6월 14일

지은이_ 카넬
발행인_ 신현호
편집장_ 이환진
책임편집_ 유석희
편집부_ 유석희 송영규 이호훈
편집디자인_ 한방울
국제업무_ 정아라 전은지
영업·관리_ 김민원 조인희

펴낸곳_ (주) 디앤씨미디어
등록_ 2002년 4월 25일 제 20-260호
주소_ 서울시 구로구 디지털로 26길 111 JnK디지털타워 503호
전화_ 02-333-2513(대표)
팩시밀리_ 02-333-2514
E-mail_ seed_dnc@dncmedia.co.kr
홈페이지 www.seednovel.com

값 7,000원

ISBN 979-11-86958-90-2 04810
ISBN 979-11-956396-9-4 세트

맑은날오후 지음
YeoNwa 일러스트
토브 캐릭터 원안

용사가 마왕을 무찌를 때
우리들도 있었다 1~9

시드노벨 사상 최초의 대상 수상작

눈을 뜬 소년에게 주어진 것은 믿을 수 없는 괴력과 한 자루 검.
그리고 서랍장 위의 메모지에 적힌 메시지였다.

당신의 이름은 '론 파렐 할리'입니다.

황제와의 싸움에서 패배해 기억을 잃고 다른 공간으로 워프된 론.
알고 있는 것은 '론 파렐 할리'라는 자신의 이름.
그리고 무언가 소중한 것을 잃어버린 듯한 상실감이었다.
오두막집을 벗어나 인적을 찾아 나서는 중
세상의 기억을 물려받은 '꼬리 일족'의 소녀,
벨린다 캣 메모리를 구하게 된다.

벨린다의 안내를 받아 꼬리 일족으로 향하며
생존의 위협을 받는 꼬리 일족의 현실에 대해 알게 되는 론.
이윽고, 두 사람의 앞에 그 위협의 대상이 나타나게 되는데……!

새로운 대륙에서 펼쳐지는 시리즈 제2부!
운명을 바꾸는 용기에 대한 판타지, 그 아홉 번째 이야기.